Zu diesem Buch

Im Klavier des brillanten Barpianisten Conny Conradt hat die Polizei dreißig Gramm Kokain entdeckt. Er wird als Dealer verurteilt und wandert ins Gefängnis.

Doch etwas ist faul an der Sache. Die Polizei vermutet, Conny war irgendwelchen Leuten im Weg, und die haben ihm das Rauschgift ins Klavier gepackt, um ihn loszuwerden. Denn Connys Freundin Anita verschwindet bald darauf unter sehr merkwürdigen Umständen. Und sie ist nicht die einzige. Mindestens ein halbes Dutzend junger, schöner Frauen wird vermißt. Und die Anzeichen mehren sich, daß sie in die Hände gewissenloser Mädchenhändler gefallen sind.

Bienzle bekommt den Auftrag, Conny aus dem Gefängnis zu holen und als Spitzel anzuheuern. Er soll in seinen Job als Barpianist zurückkehren und die Augen und Ohren offenhalten, denn sein Kumpel Vinzenz Wolf scheint die Finger im Spiel zu haben. Doch Conny verfolgt seine eigenen Pläne...

Felix Huby, Jahrgang 1938, lebte und arbeitete als Journalist in Stuttgart, als er seinen ersten Kriminalroman mit dem inzwischen berühmten Hauptkommissar Ernst Bienzle schrieb. Zuvor hatte er bereits Kinder- und Sachbücher sowie eine Reihe von Hörspielen verfaßt.

Heute ist er einer der erfolgreichsten Autoren von Fernsehspielen und -serien und lebt in Berlin.

In der Reihe rororo thriller liegen vor: Der Atomkrieg in Weihersbronn (Nr. 2411), Ach wie gut, daß niemand weiß... (Nr. 2446), Schade, daß er tot ist (Nr. 2584), Sein letzter Wille (Nr. 2499), Bienzle und der Biedermann (Nr. 3077), Gute Nacht, Bienzle (Nr. 3066), Bienzle stochert im Nebel (Nr. 2638), Bienzle und der Sündenbock (Nr. 2958), Bienzle und die schöne Lau (Nr. 2705), Bienzle und das Narrenspiel (Nr. 2872) sowie in einem Dreierband Der Atomkrieg in Weihersbronn/Tod im Tauerntunnel/Ach wie gut, daß niemand weiß... (Nr. 3140).

Felix Huby

Bienzles Mann im Untergrund

rororo

Rowohlt

rororo thriller
Herausgegeben von Bernd Jost

49.–50. Tausend Mai 1997

Originalausgabe
Veröffentlicht im Rowohlt Taschenbuch Verlag GmbH,
Reinbek bei Hamburg, Oktober 1986

Umschlagfoto Ulrich Mack
Umschlagtypographie Peter Wippermann / Susanne Müller
Satz Bembo (Linotron 202)
Gesamtherstellung Clausen & Bosse, Leck
Printed in Germany
890-ISBN 3 499 42768 0

Die Hauptpersonen

Conradt Cornelius	genannt Conny Conradt, ist ein begnadeter Pianist, Bienzles Mann im Untergrund und Detektiv auf eigene Faust.
Anita Gerling Christa Wollneck	zwei hübsche Mädchen in den Händen gewissenloser Verbrecher.
Vinzenz Wolf	ist schön, aber gefährlich.
Tom Teuber	ist ein mieser Klavierspieler und auch sonst ein Dilettant.
Peter Weisser Gottfried Huttenlocher	erledigen, was ihr Boss ihnen aufträgt.
Holger Klatt	ist möglicherweise dieser Boss.
Annegret Paul	ist attraktiv, intelligent und auf einer heißen Spur.
Skrobek	ist Polizist in Wien und hat wenig Skrupel.
Pospischil	Skrobeks Vorgesetzter hat Skrupel, mag sie aber nicht zeigen.
Bernhard Seifritz	makelt, finanziert und erledigt das meiste allein.
Kommissar Gächter	ist im entscheidenden Moment zur Stelle.
Hauptkommissar Ernst Bienzle	erlebt ein bißchen mehr als er verkraften kann.

Mittwoch

Ernst Bienzle war schlecht gelaunt. Aber das war er immer, wenn er nach Stammheim mußte. Er suchte die Haftanstalt nur auf, wenn es sich gar nicht vermeiden ließ.

Seinem heutigen Besuch war eine lange Debatte im Landeskriminalamt vorausgegangen. «Sie sind genau der Mann dafür», hatte Präsident Hauser, Bienzles alter Schulfreund, erklärt. Der Chef siezte den Kommissar, weil sie sich in einer Konferenz befanden, an der gut ein Dutzend Leute teilnahmen – Kollegen aus Ulm, Konstanz und Baden-Baden, zwei wichtigtuerische Vertreter des Ministeriums, Bienzles Mitarbeiter Gächter und Haußmann, sowie eine Protokoll führende Sekretärin, Fräulein Wollenberger, der Haußmanns ganze Aufmerksamkeit galt.

Bienzle sah zum Fenster hinaus. In der Taubenheimstraße lag Schnee, der vom Schmutz in der Luft grau-schwarz geworden war. Die Alleebäume am Fahrbahnrand sahen dürr und krank aus.

Fotos wurden von Hand zu Hand gereicht. Sieben Bilder von jungen, hübschen, fröhlichen Mädchen. Hauser referierte: «Der Ablauf ist immer gleich: Das Mädchen, oder sagen wir besser, die junge Frau geht alleine in eine Disko oder in ein anderes Abendlokal. Sie lernt da einen charmanten und ansehnlichen jungen Mann und dessen Freund kennen. Die beiden Männer haben angenehme Manieren, sind nicht aufdringlich, tanzen, plaudern und bleiben höflich auf Distanz. Plötzlich aber wird's der jungen Frau schlecht – was sage ich, hundeelend wird's ihr. Sie krümmt sich vor Schmerzen.»

Bienzle warf Hauser unter seinen buschigen Augenbrauen hervor einen ärgerlichen Blick zu. Hauser fing den Blick auf, hüstelte ein bißchen verlegen und fuhr dann sehr viel sachlicher fort: «Die fremden Männer bieten Hilfe an. Gleich um die Ecke sei ein Arzt. Der werde bestimmt helfen, auch wenn's schon spät sei. Sie fassen also das Mädchen unter und bringen sie zu dem vermeintlichen Doktor. Der ist voller Teilnahme. Ein Arzt, wie man ihn sich nur wünschen kann. ‹In einer halben Stunde haben Sie's überstanden›, sagt er, ‹dann tanzen Sie wieder, als ob nichts gewesen wäre.›

Er gibt ihr eine Spritze. Die Frau verliert das Bewußtsein. Sie hat ein starkes Beruhigungsmittel bekommen und ihre erste Rate Heroin!»

Bienzle atmete schnaubend aus und griff nach den Bildern.

«Die Mädchen haben keine Chance», fuhr Hauser fort, «systematisch werden sie abhängig gemacht. Schon bald sind sie absolut willenlos. Und dann verschwinden sie in irgendeinem ausländischen Bordell oder im Harem eines Scheichs irgendwo im Nahen Osten.»

Der Oberregierungsrat aus dem Innenministerium sagte:

«Die Dunkelziffer kennen wir nicht, aber wir müssen davon ausgehen, daß wir hier nur die Spitze des Eisbergs vor uns haben.» Er nahm Bienzle die Fotos aus der Hand und fächerte sie auf wie ein Kartenspiel.

Bienzle verschränkte die Hände im Nacken und lehnte sich weit zurück. Er wußte, daß Hauser sich gleich ihm zuwenden würde. Warum sonst hätte er an dieser Sitzung teilnehmen sollen, wenn nicht, um die Ermittlungen aufgehalst zu bekommen.

«Die Ermittlungen», sagte Hauser, «wird Kriminalhauptkommissar Bienzle übernehmen. Sie kennen ihn alle. Und ich bitte jeden, Herrn Bienzle zuzuarbeiten.»

Hauser schob Bienzle einen dicken Aktenordner zu. Draußen vor dem Fenster sang ein einsamer Vogel gegen die Kälte des grauen Winters an. Der schon viel zu lange dauerte.

Jetzt saß Bienzle im überhitzten Zimmer des Gefängnisdirektors, eines einstigen Staatsanwaltes, von dem es hieß, er sei jovial nach außen und knallhart nach innen. Innen – das war diesseits der meterdicken Gefängnismauern.

«Mich würde interessieren, wer da dran gedreht hat», sagte

der Direktor. «Ich jedenfalls hätte das Verfahren nie und nimmer niedergeschlagen.»

Bienzle zuckte die Achseln. Was sollte er dazu sagen. «Er wird uns fehlen», sagte der Direktor.

Bienzle schaute überrascht auf. «Was denn, der Cornelius?»

«Ja. Er war ja leider nur vier Monate hier, aber in der Zeit hat er unsere Band ganz schön auf Vordermann gebracht.»

«Mhm, er soll ein guter Pianist sein.»

«Ein sehr guter!» bestätigte der Chef der Vollzugsanstalt.

Bienzle schwitzte. Er hätte gerne das Fenster ein wenig aufgemacht, aber der Direktor schien sich in der Treibhausluft wohl zu fühlen.

Es klopfte. Die Kommandostimme des Anstaltschefs befahl «Herein!». Die Tür öffnete sich zögernd.

Conradt Cornelius, Künstlername Conny Conradt, trat ein. Bienzle wußte aus den Akten, daß er 42 Jahre alt war, aber er wirkte älter. Ein schmaler, nervöser Mann, vielleicht einssiebzig groß, schütteres blondes Haar, flinke, aufmerksame Augen. Er hatte die übliche bleiche Knastfarbe im Gesicht und fahrige Bewegungen. Conradt Cornelius schaute Bienzle feindselig an.

«Sie müssen noch ein paar Formulare unterschreiben», sagte der Direktor.

«Warum?» Cornelius' Stimme war erstaunlich tief und kräftig für diesen schmächtigen Mann.

«Na ja, Sie erhalten ja Ihren Lohn und später vielleicht noch eine Haftentschädigung.»

«Das wird nicht viel sein», sagte Cornelius.

«Nein, leider ...»

Cornelius unterschrieb, ohne den Text gelesen zu haben.

«Das ist Herr Bienzle», sagte der Direktor.

Cornelius sah den Kommissar an. «Ja?»

«Ich möchte mit Ihnen reden», sagte Bienzle.

«Kein Bedarf meinerseits.»

«Vielleicht sollten Sie sich erst einmal anhören ...»

«Kann ich jetzt gehen?»

Der Direktor wollte vermitteln. «Seien Sie doch nicht so stur, Cornelius.»

«Ich bin nicht stur, Direktor, ich will nur meine Ruhe haben.»

Bienzle lächelte amüsiert. Wer Cornelius nicht als «Herr Cornelius» ansprach, durfte jetzt, da der Pianist wieder frei war, nicht damit rechnen, selbst mit «Herr» angesprochen zu werden. «Ich verstehe Sie», sagte Bienzle, und sein Ton hatte dabei nichts Anbiederndes. «Aber ich muß es immer und immer wieder versuchen.»

«Warum?»

«Weil Sie der einzige sind, der mir möglicherweise helfen kann.»

«Wobei?»

Bienzle zog ein Foto aus der Tasche und warf es auf den Tisch. «Bei der Suche nach dieser und einem halben Dutzend anderer Frauen.»

Conradt Cornelius warf einen Blick auf das Bild. «Das ist Anita!»

«Anita Gerling, ja.»

«Was ist mit ihr?»

«Darüber wollte ich ja mit Ihnen reden», sagte Bienzle, «aber nicht hier», er machte eine kleine Pause, «und es muß auch nicht unbedingt gleich sein.»

«Sie können mir doch in einem Satz sagen ...»

«Sie ist verschwunden», stieß Bienzle hervor, «und wir müssen annehmen, daß sie verschleppt worden ist.»

Cornelius raffte seine Plastiktüten, in denen er seine Habe verstaut hatte, zusammen und sagte: «Also, gehen wir!»

Auf der Fahrt in die Stadt hatten sie nicht gesprochen. Jetzt saßen sie in *Bernds Lädle*, einem Zwischending aus Café und Bistro, aßen Croissants und tranken Kaffee.

«Der erste Kaffee, der schmeckt – seit vier Monaten», sagte Cornelius.

«Haben Sie eine Bleibe?» fragte Bienzle.

«Meine Zimmerwirtin hat mir noch am Tag meiner Verhaftung gekündigt.»

Bienzle nickte, als ob er nichts anderes erwartet hätte.

«Keine Bleibe und kein Engagement», sagte Cornelius.

«Einen Cognac, vielleicht?» fragte Bienzle.

«Ich trinke keinen Alkohol!»

Bienzle hätte sich ohrfeigen können. Auch das stand in den Akten: Conradt Cornelius war früher einmal ein schwerer Alkoholiker gewesen und hatte nach mehreren Entziehungskuren irgendwann die Kurve gekriegt. Seitdem trank er keinen Tropfen mehr und galt sogar als militanter Antialkoholiker.

«Ich hätte eine kleine Wohnung für Sie», sagte Bienzle.

«Vermutlich ist der Preis für mich zu hoch.»

«Die Miete ist niedrig.»

«Die Miete habe ich auch nicht gemeint!»

«Aha, und was haben Sie gemeint?»

«Sie wollten, daß ich für Sie arbeite, ist es nicht so?»

«Doch, doch, genau so ist es.»

«Ich bin Pianist!»

Bienzle nickte nur.

«Gut, ich habe mein Geld zuerst in Spelunken, dann in besseren Spelunken, danach in Bars, dann in besseren Bars, schließlich in gehobenen Etablissements verdient. Und ich habe mit den Ramblers im *Hammond Inn* gejazzt. Ich nehme an, Sie wissen das!»

Wieder nickte Bienzle nur.

«Anita war eine Freundin von mir.»

«Und Vinzenz Wolf war Ihr Kumpel.»

«Stimmt.»

«Wir haben Grund zu der Annahme, daß Wolf zu der Bande gehört. Er hat am 3. Januar Anita zusammen mit einem anderen Mann weggebracht, nachdem sie mit Magenkrämpfen zusammengebrochen war. Zeugen wollen gesehen haben, daß die beiden Männer Anita Gerling in ein Haus in der Marienstraße begleiteten. Später haben wir dort im ersten Stock eine vorgetäuschte Arztpraxis gefunden. Sogar das Telefon war eine Attrappe ohne Anschluß. Von Anita Gerling fehlt seitdem jede Spur.»

«Und von Vinzenz?»

«Ebenfalls.»

«Was ist mit dem anderen Mann?»

«Keine Ahnung, wir haben eine unzulängliche Personenbeschreibung, weiter nichts. Der Mann ist demnach etwa einsfünfundachtzig groß, stämmig bis muskulös, hat dunkle Haare und trägt einen Oberlippenbart. Mehr war aus den Zeugen nicht herauszubringen.» Cornelius holte sich noch einen Kaffee – die Gäste bedienten sich in *Bernds Lädle* selber. Bienzle folgte dem Pianisten mit den Augen. Ihm war nicht wohl. Er wußte nur zu genau, daß er Cornelius zwangsläufig in Gefahr brachte, wenn er ihn anheuerte. Fast wäre es ihm lieber gewesen, wenn Conradt Cornelius abgelehnt hätte.

«Wo ist denn die Wohnung», fragte der Pianist, als er an das kleine, runde Marmortischchen zurückgekehrt war.

«In der Stafflenbergstraße.»

«Keine schlechte Adresse!»

«Wir würden Ihnen die Wohnung zur Verfügung stellen!»

«Die Polizei?»

Bienzle nickte. «Ein Klavier ist drin!»

«Sauber eingefädelt.»

«Sie brauchen ja bloß nein zu sagen!»

«Kann man das in so einem Fall?»

«Natürlich!»

«Ich sage ja!»

Bienzle sah Cornelius in die Augen. Sie waren sehr hell, in einem Farbton zwischen Grau und Blau.

«Was ist denn?» fragte Cornelius. «Freuen Sie sich nicht?»

«Nein, ich freue mich nicht.»

«Aber – Sie haben Ihr Ziel erreicht!»

«Ich hab mein Ziel erreicht, wenn ich die Verbrecher hab!»

«Sie wissen, in welche Gefahr ich mich begebe?» fragte Cornelius.

«Ja, das weiß ich.»

«Ich will einen Waffenschein, und ich werd noch heute anfangen, irgend so eine Art von Selbstverteidigung zu lernen.»

«Nicht schlecht!» Bienzle legte Geld auf den Tisch und stand auf.

Die Wohnung war im Dachgeschoß. Der Giebel war in die Wohnräume mit einbezogen und holzverschalt. Durch zwei große Dachflächenfenster sah man auf Stuttgarts Stadtkessel hinab. Ein grauer Schleier lag über den Dächern – nicht genug für Smogalarm, aber doch so viel, daß man sehen konnte, wieviel Dreck man hier einzuatmen hatte.

Conradt Cornelius klappte den Klavierdeckel auf und schlug ein paar Takte an. «Was sagen denn die Leute, die unter mir wohnen?»

«Da wohn ich», sagte Bienzle, «und meine Freundin ist zur Zeit in Kur – also kein Problem.»

«Spielen Sie auch?» fragte Cornelius unvermittelt.

«Mehr schlecht als recht.»

«Ihr Instrument?»

«Ja.»

«Sie tun aber 'ne Menge für Ihren Dienstherrn!»

Bienzle ließ sich in einen Sessel fallen und kreuzte die Arme über der Brust. «Ich will nicht, daß *Sie* zu viel tun, Herr Cornelius. Daß wir uns da gleich richtig verstehen. Sie sollen nur die Augen offen halten und keinesfalls initiativ werden. Sie sind kein Under-Cover-Agent der Polizei.»

«Nee, nur ein Spitzel.»

«Noch können Sie nein sagen.»

«Ich hab schon ja gesagt!»

«Wollen Sie was mit mir essen?» fragte Bienzle.

«Danke, nein!» Cornelius zog mit dem Fuß den Klavierstuhl zu sich her, setzte sich und begann zu spielen. Er schien Bienzle schon nach wenigen Augenblicken vergessen zu haben.

Ernst Bienzle ging in die Wohnung hinunter, die er seit einigen Wochen gemeinsam mit Hannelore Schmiedinger bewohnte. In der Küche überlegte er einen Moment, ob er sich etwas kochen sollte, beschloß dann aber, lieber noch mal wegzugehen und in der Stadt eine Kleinigkeit zu essen. Die Wohnung war so sauber und ordentlich aufgeräumt, daß er nicht wagte, etwas in die Hand zu nehmen und zu verändern.

Die Kälte hatte jetzt am Abend noch zugenommen. Bienzle ließ den Wagen trotzdem stehen und stapfte über die schneeglatten Treppenstufen ins Stadtzentrum hinab. Die Straßen waren menschenleer. Um diese Zeit herrschte sonst selbst im ruhigen Stuttgart Leben, aber offensichtlich hatte das frostige Wetter doch die meisten Leute bewogen, zu Hause zu bleiben. Vielleicht gab's ja auch einen Krimi im Fernsehen.

Bienzle ging durchs Bohnenviertel – ein altes Stadtquartier, modern aufgeforstet. Auf einem der letzten Trümmergrundstücke bolzten ein paar Buben im unzureichenden Licht von zwei Straßenlaternen einen Lederball hin und her. Bienzle warf einen Blick durchs Fenster ins *Basta*. Die froren nicht. Die Gäste standen dicht gedrängt vor der Theke, als ob sie wegen der Kälte eng zusammengerückt wären.

Wie so oft endete sein Streifzug bei Costas, dem Griechen. Er aß Lammbraten mit Gemüse, trank erst ein Bier, dann zwei Retsina und hing seinen Gedanken nach. Am Nachbartisch tafelten ein paar junge Frauen. Er mußte an Anita Gerling und die anderen denken. An Christa Wollneck zum Beispiel, deren Vater nicht mehr zu sagen gewußt hatte als: «Es hat ja so kommen müssen.»

Costas blieb bei ihm stehen: «Schmeckt's nicht?»

«Nein, aber das hat nichts mit deinem Essen zu tun.»

Er schob dem Wirt seinen Teller zu und trank sein Glas aus. Gächter hatte am Nachmittag gesagt: «Wenn ich eins von den Schweinen erwische, weiß ich nicht, ob ich ihn erst lang verhafte.» Bienzle schüttelte den Kopf. Es gab Tage, da verstand er Gächter nicht.

Costas brachte einen neuen Retsina. Bienzle trank in kleinen Schlucken. Die Mädchen am Nebentisch tuschelten und sahen zu ihm herüber. Er hatte sie wohl eine ganze Zeit angestarrt. Jetzt sagte er «'tschuldigung» und sah weg.

Der Gefängnisdirektor war von Conradt Cornelius' Unschuld keineswegs überzeugt gewesen. Das hatte er Bienzle mindestens fünfmal gesagt. «30 Gramm Kokain im Klavier hinter den Saiten, da wette ich doch, daß der gedealt hat.»

«Cornelius ist vom Alkohol weg. Und zwar gründlich», hatte Bienzle geantwortet, «da wird der doch nicht plötzlich kokainsüchtig.»

«Wer redet denn davon – ich sage, er hat gedealt, ich sage nicht, daß er geschnupft hat!»

Bienzle hatte die penetrante, rechthaberische Art des Direktors schon nicht leiden können, als der noch Staatsanwalt gewesen war.

Cornelius war nicht der Typ, der dealte. Bienzle ging an die Theke und bezahlte.

«Immer noch Strohwitwer?» fragte Costas.

«Du bist gut, jetzt ist sie grad mal fünf Tage weg, und vier Wochen bleibt sie.»

«Schlimm?»

«Eigentlich nicht. Jeder kann sich ein bißchen auf sich selber besinnen», sagte Bienzle, «vorausgesetzt, man kommt dazu.»

Er verließ die Taverne und strich weiter durch die Gassen wie ein heimatloser Hund. Als er die Tür zur *Royal-Bar* aufstieß, wußte er, daß er den ganzen Abend nichts anderes vorgehabt hatte, als hierher zu gehen. Man kannte ihn hier nicht. Verbrechen, die er zu untersuchen hatte, spielten sich in aller Regel in billigeren Kneipen ab. Bienzle kniff die Augen zusammen, um sich an das gedämpfte rote Licht zu gewöhnen. «Sind Sie sicher, daß Sie zu uns wollen?» fragte eine Frau mit einem herzförmigen Ausschnitt, der die oberen Ränder ihrer rotbraunen Brustwarzen sehen ließ. Bienzle schaute an sich hinab. Er trug seinen Parka, dunkelbraune Cordsamthosen und ein paar alte Wildlederstiefel, wovon der rechte nur noch über einen losen Reißverschluß verfügte.

«Na ja», sagte er, «ist das nun die *Royal-Bar* oder nicht?»

«Ja, schon, aber schauen Sie sich doch mal um!»

«Genau das hatte ich ja vor!» Bienzle zog den Parka aus und drückte ihn der Frau in die Arme. «Sie machen das sicher.» Er ging zur Bar und bestellte einen Whisky. Nicht weil er gerne Whisky trank, sondern weil er annahm, daß man in einer solchen Bar Whisky bestellte. Im Hintergrund klimperte ein Klavier. Bienzle sah dem Barmann zu, der gelangweilt den Whisky eingoß – abfüllte wäre vielleicht die richtigere Bezeichnung gewesen.

«Das ist aber nicht Conny Conradt?» Der Kommissar deutete mit dem Daumen über die Schulter zum Podium hin.

Der Barkeeper lachte. «Der? Der ist meilenweit von Conny entfernt!»

«Aha!» Bienzle trank und verzog das Gesicht.

«Und wie heißt der?»

«Tom Teuber.»

«Warum spielt Cornelius nicht?»

«Sie kennen seinen richtigen Namen?» Der Barmann schaute Bienzle plötzlich viel aufmerksamer an.

«Mhm.»

«Conny ist ... äh ... verreist!»
«Ja, schon, aber er soll wieder draußen sein!»
Das Interesse des Mannes hinter dem Tresen wuchs erkennbar.
«Wer sagt das?» fragte der Keeper.
«Ich, und ich hab's aus – wie sagt man –, aus gewöhnlich gut unterrichteten Kreisen.»
Eines der Animiermädchen setzte sich neben Bienzle. «Spendieren Sie mir was?»
«Nein», sagte Bienzle grob.
Das Mädchen reagierte sauer: «Wozu kommen Sie überhaupt hierher?»
«Ich suche was!»
«Aha, und was soll das sein?»
«Ich suche den Grund dafür, warum man Conny Conradt eingelocht hat.»
Das Animiermädchen verließ ihren Hocker fast fluchtartig.
Bienzle gab sich naiv. Er beugte sich über die Bar und fragte den Keeper. «Hat sie denn was damit zu tun?»
Der Barkeeper sah Bienzle aus schmalen Augen an: «Wenn Sie hier den Doofen spielen, mögen Sie ja bei manchen Leuten Glück haben. Bei mir nicht!»
Bienzle lächelte ihm herzlich zu.
Dann wartete er – bis sie links und rechts von ihm auftauchten. Er sah sich erst den linken, dann den rechten der beiden Männer an und sagte schließlich zum Barkeeper: «Wenn die beiden die Doofen spielen, was ist dann?»
«Denen glaub ich's schon eher», sagte der Barmann.
«Sie passen nicht hierher», sagte der Mann links.
«Und warum nicht?»
«Weiß nicht, aber es ist so.»
Bienzle sah den rechten an. «Sie sind der gleichen Meinung?»
«Klar.»
«Tja, Menschenkenntnis ist nicht jedermanns Sache.» Bienzle schob sein Glas über die Bar. «Noch einen Whisky, bitte.»
«Für dich ist Schluß», sagte der starke Mann links.
«Wenn ich nun ein Bulle wäre ...?» fragte Bienzle.
«Das müßte ich wissen!» sagte der rechts.
«Aha, von wem?»

«Frag nicht so blöd!»

Bienzle zog seine Ausweiskarte und seine Dienstmarke heraus und sagte: «Wenn ich die beiden Herren dann mal bitten dürfte, sich auszuweisen.»

Der Barkeeper stieß pfeifend die Luft aus und griff ungeniert nach Bienzles Dienstausweis. Er studierte ihn. «Was denn, Sie sind dieser Bienzle?»

«Wird's bald?» herrschte der Kommissar die beiden an. Sie kramten ihre Ausweise heraus, machten aber immer noch Gesichter, als ob der Blitz in die Bar eingeschlagen hätte. Sorgfältig notierte sich Bienzle die Namen: der eine hieß Peter Weisser, der andere Gottfried Huttenlocher. Hinter die Namen machte Bienzle eine Klammer und schrieb, sozusagen die beiden zusammenfassend, daneben: Kleinganoven. Dann klappte er sein Notizbuch zu und sagte: «Was ist jetzt mit meinem Whisky?»

Hier war Conradt Cornelius also verhaftet worden. Aber hier wurde mit Sicherheit nicht gedealt. Die Drogen, die es hier gab, waren alle alkoholischer Natur.

Die beiden Kleinganoven zogen ab. Vermutlich berichteten sie ihrem Chef. Bienzle sah den Keeper an. «Irgendwer muß Conny das Zeug ins Klavier getan haben.»

«Tja, fragt sich bloß wer ...!»

«Als Barkeeper sieht man eine ganze Menge.»

«Ich bin darauf trainiert, möglichst wenig zu sehen.»

«Clever!»

«Seit achtzehn Jahren im Beruf, und bis jetzt sind noch keine Klagen gekommen.»

«Da kann man ja gratulieren!»

«Danke!»

Der Barkeeper beschäftigte sich intensiv mit seinem Shaker, schüttelte und rüttelte ihn und stellte ihn dann plötzlich etwa zwanzig Zentimeter rechts von Bienzle auf den Tresen. Auch Bienzle war schon lange in seinem Beruf, und deshalb ahnte er gleich, daß der Becher nicht von ungefähr da abgestellt wurde. Er warf einen Blick darauf. Der blanke Deckel spiegelte die Decke wider. Und dort oben befanden sich eine Kamera und ein Mikrofon. Der Barkeeper nahm den Shaker wieder fort. Er würdigte Bienzle keines Blickes mehr, auch dann nicht, als der

Kommissar einen Zwanzig- und einen Zehnmarkschein auf den Tisch legte, ohne eine Quittung zu verlangen.

Der Schnee knirschte unter den Tritten. Bienzle ging in der dunklen Gasse auf und ab. Er vermied es, in den Lichtkreis der Lampen zu kommen. Die *Royal-Bar* leerte sich. Nebeneinander fuhren die Luxuskarossen vom Parkplatz hinter dem Gebäude. Bienzle fror bis auf die Knochen. Es war schon nach zwei Uhr, als die Lichter hinter den Scheiben endlich erloschen. Bienzle zog sich in einen Hauseingang zurück.

Der Barkeeper kam in Begleitung einer jungen Frau heraus, die sich sofort fest bei ihm einhakte. Die beiden gingen schnell die Gasse hinunter.

Bienzle wartete weiter. Er hatte längst Zweifel daran, ob dieses Unternehmen irgendeinen Sinn hatte. Wieder öffnete sich die Tür zur *Royal-Bar*. Der Kommissar erkannte im Licht der Straßenlaterne den Pianisten Tom Teuber an der Seite eines großgewachsenen, schlanken Mannes, der einen eleganten schwarzen Mantel trug und jetzt sorgfältig die Tür abschloß.

Und dann hörte Bienzle seinen eigenen Namen.

«Aber der ist doch bei der Mordkommission», sagte der Mann im schwarzen Mantel.

«Gewesen!» antwortete der Pianist. «Ich hab gehört, daß er Cornelius aus dem Knast rausgeholt haben soll.»

«Der Bienzle?»

«Mein Mann ist ziemlich zuverlässig.»

«Kein Grund zur Aufregung», sagte der Mann im schwarzen Mantel, während er die Tür seines mattschwarzen Sportwagens aufschloß.

«Sie behalten Ihren Job. Cornelius ist zwar besser, aber der meint ja, er habe das Klavierspielen erfunden!» Damit stieg er ein und fuhr davon. Tom Teuber blieb allein in der Gasse zurück. Er schlug die Arme ein paarmal um den Oberkörper und kam dann die Gasse herauf. Er mußte dicht an Bienzle vorbei. Aus dem dunklen Hauseingang heraus sagte Bienzle: «Das stimmt nicht, daß ich Cornelius aus dem Knast herausgeholt habe.»

Teuber war zu Tode erschrocken. Er zitterte am ganzen Leib, und das hatte nichts mit der Kälte zu tun. Bienzle trat ins Licht. «Ich tu Ihnen nichts», sagte er.

«Ha ... haben Sie mir aufgelauert?» fragte Teuber.

«Sozusagen ja. Ich suche Anhaltspunkte, und Sie haben mir gerade einen geliefert.»

«Ich? Wie kommen Sie denn auf so was?»

«Kommen Sie, ich begleite Sie ein Stück.» Bienzle stapfte die Gasse hinauf. In einem Hauseingang, nur wenige Meter von dem entfernt, in dem sich Bienzle versteckt hatte, liebkoste sich ein Paar.

«Bei der Kälte», Bienzle schüttelte seinen massigen Kopf. «Könnet Sie des verschteha?»

Teuber antwortete nicht.

«Also», sagte Bienzle im fragenden Ton, «wer ist denn jetzt Ihr Gewährsmann?»

«Wie bitte?»

Sie gingen dicht nebeneinander die Rosenstraße hinauf.

«Wo wohnen Sie denn?» fragte Bienzle.

«Alexanderstraße.»

«Fast mein Weg. Also?»

«Ich kann Ihnen nichts sagen!»

«Sie wollet mir nix sage, aber das ändert sich. Je früher Sie's Maul aufmachet, um so besser für Sie, Herr Teuber.»

«Ich kann sehr gut selber ...»

Bienzle unterbrach ihn: «Nix können Sie selber. Gar nichts. Denn da gibt's den großen Zampano, und der bestimmt das sowieso. Sie sind auf dem Schachbrett, um das es da geht, noch nicht mal ein Bauer.»

«Ach, spielen Sie sich bloß nicht auf!»

«Ja, da haben Sie recht, manchmal neig ich a bißle dazu! – Gut Nacht, Herr Teuber.» Er wandte sich unvermittelt ab und ging die Hohenheimer Straße hinauf. Die steilen Stuttgarter Staffeln waren ihm wie Spitzgras. Aber in dieser Nacht tat ihm die Treppe richtig gut. Zwar geriet er außer Atem, aber es wurde ihm auch warm.

Im Dachstock brannte noch Licht. Bienzle stieg hinauf und klopfte. Die zwei Zimmer da oben hatte er eigentlich für sich gemietet. Es war nicht gut, wenn man zu eng aufeinander hockte, gerade wenn man sich so gut verstand wie er und Hannelore. Hoffentlich fand sich bald etwas für den Pianisten. Die Tür ging auf. Cornelius trug einen zerschlissenen Morgenrock.

Aus der Wohnung erklang Schallplattenmusik. «Ich hab mir erlaubt ...» sagte Cornelius, als sie ins Zimmer, traten, und deutete auf den Schallplattenstapel.

«Ist doch klar», sagte Bienzle. «Wie gefällt's Ihnen?»

«Sehr schön!» Cornelius war auf der Hut. Er ließ Bienzle nicht aus den Augen.

«Ihr Nachfolger wußte, daß Sie heute aus dem Knast gekommen sind, und er wußte auch, daß ich Sie abgeholt habe. Aber er glaubt, ich hätt Sie höchstpersönlich rausgepaukt.»

«Ja, haben Sie das denn nicht?»

«Nein. Das Programm hat ein anderer gemacht. Wir beide spielen bloß mit!»

Bienzle ließ sich in seinen eigenen Schaukelstuhl fallen. «Das ist natürlich nicht sehr gut für uns – ich meine, daß man uns zusammen beobachtet hat in Stammheim. Nirgendwo werden Nachrichten so schnell gehandelt wie dort.»

Conradt Cornelius ließ sich auf der vorderen Kante des Klavierstuhls nieder. Er saß sehr aufrecht. Seine Hände ruhten flach auf seinen Knien.

«Kennen Sie Teuber?» fragte Bienzle.

«Ein Dilettant!»

«Stimmt, wenn Sie sein Klavierspiel meinen!»

«Und was meinen Sie?»

«Ich frage mich, ob er noch etwas anderes spielt.»

«Das weiß ich nicht.»

Bienzle wuchtete sich aus dem Schaukelstuhl heraus. «Na ja, ich komm ihm schon noch drauf. Und jetzt laß ich Sie schlafen.»

Er ging zur Tür. Aber Cornelius hielt ihn noch mal auf. «Können Sie mir vielleicht endlich sagen, was Sie genau von mir wollen?»

«Ja, bewerben Sie sich morgen in der *Pazifik-Bar.*»

«Die hab ich seit zwei Jahren hinter mir!» Cornelius stand sehr aufrecht und steif neben dem Klavier.

«Sie müssen noch mal dahin zurück. Gute Nacht, Herr Cornelius!»

Ernst Bienzle war noch lange wach. Er lag, die Arme im Nacken verschränkt, auf der Couch und starrte an die Decke. Er versuchte sich vorzustellen, wie so etwas ablief, wenn gewissenlose Kerle ein ahnungsloses Mädchen abschleppten und gefügig machten. Eine tiefe Verzweiflung überkam ihn. Was konnte einer wie er tun? Die Schuldigen finden? – Vielleicht. Weiteres Unheil verhindern? – Wohl kaum. Den Schaden wiedergutmachen? – Ganz bestimmt nicht.

Was waren das für Täter? Ganz bestimmt nicht Männer, wie sie Bienzle sonst zu verfolgen und zu überführen hatte. Wer so etwas tat, mußte ein Menschenverächter sein oder einen ganz schlimmen Haß auf Frauen haben.

Von oben erklang leise Klaviermusik. Conradt Cornelius konnte auch nicht schlafen.

Donnerstag

Bienzle wachte spät auf. Er hatte sich also doch irgendwann ins Bett gelegt. Auf dem Nachttisch stand eine halbleere Trollingerflasche. Trollinger auf Retsina – Bienzle hob seinen Kopf vom Kissen und drehte ihn vorsichtig hin und her. Aber es ging ihm gut!

Im Bad sah er sich eine Weile im Spiegel an. Da bildeten sich langsam Tränensäcke unter seinen Augen. Die Haut war schlaff und hatte eine ungesunde Farbe. Die Nase wirkte spitziger als sonst. Da war überhaupt nichts, was ihm an diesem Gesicht gefallen konnte. Schon gar nicht das Doppelkinn. Er rasierte sich ohne Sorgfalt, putzte nachlässig die Zähne und stellte sich ein paar Minuten unter die Dusche.

«Diesen Donnerstag sollte man einfach ausfallen lassen», sagte er zu seinem griesgrämigen Spiegelbild. Im Kühlschrank standen nur Hüttenkäse, eine Tüte mit sauer gewordener Milch und ein Glas Senf. Er warf die Tür zu.

Bevor er das Haus verließ, stieg er die Treppe hinauf. Cornelius antwortete nicht auf sein Klingeln. Bienzle ließ den Wagen stehen. Das Auto war mit grauschwarzem Schnee überzogen.

Bienzle frühstückte im *Wallentins*, einem Bistro, wie es jetzt viele gab. Nur dies hier war ganz anders. Der Besitzer, ein früherer liberaler Bundestagsabgeordneter, verstand etwas von der

Zubereitung kleiner Leckerbissen. Am Nachbartisch frühstückte ein freier Mitarbeiter der *Stuttgarter Zeitung*. Der hatte sich nicht die Mühe gemacht, sich zu rasieren, vermutlich weil ihm sein Dreitagebart ausgesprochen gut stand. Der Schreiber kannte Bienzle, duzte ihn sogar, unaufgefordert zwar, aber mit so großer Selbstverständlichkeit, daß Bienzle einverstanden war, zumal der ihn noch kein einziges Mal ausgehorcht hatte. «Polizeiarbeit zählt für mich nicht zur Kultur», meinte er. «Ich interessiere mich für die Kunstwelt, die reale kotzt mich an.»

Man hatte ihn schon einmal beobachtet, wie er in Begleitung einer Ente am Anlagensee spazieren ging.

Einem Passanten hatte er damals erklärt, die Ente langweile sich, er unterhalte sich deshalb ein bißchen mit ihr. Ganz gern würde er sie mal mit ins Kino nehmen. Aber in welchen Film? Bei einer Taube, da wüßte er wenigstens, daß er sie nicht in einen Kriegsfilm schleppen dürfe ... «Obwohl, ich selber gehe ja auch nicht in Kriegsfilme, nicht mal, wenn ich sie besprechen muß.» So einer war der Schreiber – hochbegabt, aber für eine Karriere nicht motiviert.

«Was machst?» fragte der Schreiber.

«Was soll i mache? Warte, bis was passiert!»

Der ehemalige MdB brachte Hackfleischbällchen. Der Schreiber löffelte eine halbe Avocado leer.

«Brazil», sagte der Schreiber.

«Hä?» fragte Bienzle.

«Ein Film – mußt du dir unbedingt ansehen.»

«Wenn ich Zeit hab.» Bienzle schaute auf die Uhr. Die Morgenbesprechung im Landeskriminalamt mußte in vollem Gange sein. Gächter würde ihn vertreten.

«Ich geb ein Glas Sekt aus», sagte der Schreiber, «stützt den Kreislauf.»

«Danke, ich hab sowieso einen zu hohen Blutdruck.» Bienzle kam plötzlich eine Idee: «Du kennst dich doch auch in Musik aus?»

«Ich hab mal Platten verkauft.»

«Was sagt dir der Name Conradt Cornelius?»

«Conny Conradt? Schnelle Finger, viel Gefühl. Zuviel Gefühl, wenn du mich fragst. Hör Dollar Brand, wenn du ein gutes Piano hören willst.»

«Kennst du den Cornelius?»

«Flüchtig.»

«Spielt er irgendeine Rolle in der Musikszene?»

«Früher mal. Er ist zu unduldsam – mit sich und mit den anderen.»

«Unduldsam», Bienzle sprach das Wort ganz langsam aus, «hab ich lang nicht mehr gehört, aber es paßt.»

«Natürlich», sagte der Schreiber, «wer ist hier der Schreiber?!»

Der Wirt brachte zwei Gläser Sekt. Bienzle trank wider besseres Wissen, bekam prompt einen Schluckauf und mußte rülpsen.

«Trollingerschwab!» sagte der Wirt. Es klang abschätzig.

«Ist der Cornelius nicht im Knast?» fragte der Schreiber.

Bienzle stand auf und sagte: «I mueß amal wieder was schaffe!»

Der Schreiber schaute den Wirt an und sagte, über die Schulter deutend: «Wenn der schafft, krieget emmer glei a paar Angscht.»

Manchmal wunderte sich Bienzle, daß man seine Tätigkeit Arbeit nannte.

Um zur *Pazifik-Bar* zu kommen, mußte er quer durch die Innenstadt. Die Leute bewegten sich rascher als sonst. Das Thermometer hatte am Morgen 17 Grad minus gezeigt.

Es war kurz vor zwölf Uhr, als Bienzle die *Pazifik-Bar* erreichte. Von der Durchfahrt zum Hof aus gelangte er durch eine windschiefe Tür ins Innere des Hauses. Der dunkle Korridor stank nach ranzigem Essen, kaltem Rauch und Urin. Eine schwarzgestrichene, schmale Tür führte in die Bar. Bienzle hörte Klaviermusik, als er vor der Tür stehenblieb. Conny Conradt verschwendete wenigstens keine Zeit.

Bienzle trat ein. Conny spielte *‹I just called to say I love you›* und unterhielt sich dabei mit einer großen, schlanken Frau, die eine blaue Latzhose trug. Bienzle kannte sie. Am Abend trug sie ein paillettenbesetztes, tief ausgeschnittenes Kleid, stand hinter der Bar, verkaufte billigen Weinbrand aus Hennessy-Flaschen und rechnete beim Verzehr das Datum und die Telefonnummer dazu. Sie nannte sich Daisy und hieß in Wirklichkeit Dagmar Konzelmann. Dagmar hatte kalte Augen und ein schönes Gesicht, dem man weder ihr wirkliches Alter noch die Strapazen der Nachtarbeit ansah. Weder sie noch Conny hatten Bienzle bemerkt.

«Warum kommst du zu mir?» fragte Daisy.

«Das fragst du jetzt zum zehnten- oder zwölftenmal!» Conny wirkte nervös.

«Ich suche einen Musiker, aber nur einen Musiker!»

«Ich bin Musiker und sonst nichts.»

«Die Leute mögen das wieder. Sie haben die Synthesizer und Keyboards satt. Jetzt stehen sie wieder auf echter Musik. Am liebsten würde ich auch noch einen Stehgeiger engagieren.»

«Na, wunderbar, Kontrelli ist frei.»

«Kontrelli ist eine Ratte. Weißt du nicht, daß der Spitzeldienste für die Polizei macht?»

Conradt Cornelius schluckte. «Bist du sicher?»

«Ich hab noch nie etwas gesagt, wenn ich nicht sicher war, Conny!» Conny improvisierte über Stevie Wonders Lied. Bienzle fand seine Variationen weit besser als das Original.

«Also?» fragte Conny über die Musik hinweg.

«Ich nehm dich, aber wehe, du machst Zicken!»

Bienzle ließ die Tür ganz leise ins Schloß klicken. Zum Glück spielte Cornelius im gleichen Augenblick ein paar schnelle Läufe, als ob er prüfen wollte, wie weit er mit seinen Fingern noch gehen könnte.

Bienzle aß im *Mira* und bereute es, noch ehe die Rechnung kam. Um zwei Uhr war er im Büro. Auf seinem Schreibtisch stapelten sich die Akten. Er nahm sie herunter, setzte sie neben das rechte Tischbein, warf sich in den Sessel und stellte die Füße auf den Aktenberg.

Gächter kam herein. Er lehnte sich an den Türrahmen und begann sich eine Zigarette zu drehen. «Du auch eine?» fragte er. Bienzle nickte. Er hatte das Zigarrenrauchen aufgegeben, aber diese selbstgedrehten Papierstengel zählten für ihn nicht.

Gächter legte die Zigarette mit spitzen Fingern auf den Schreibtisch. Dann zog er ein Fernschreiben aus der Tasche.

«Sag bloß, die vom BKA wissen was», sagte Bienzle.

«'ne ganze Menge sogar. Die Mädchen aus Baden-Baden, Ulm, Freiburg, Mannheim und Stuttgart werden offensichtlich nach Wien gebracht.»

«Und woher weiß man das?»
«Woher schon, die haben einen Mann eingeschleust.»
«Und?»
«Machen kann der natürlich, wie immer, nichts, aber er sieht eine Menge!»
Bienzle spuckte angewidert in den Papierkorb.
«Das BKA hat ursprünglich nicht wegen der Mädchen gefahndet», berichtete Gächter weiter, «sondern wegen Rauschgift, illegalem Waffenhandel, Falschgeld.»
«Organisiertes Verbrechen.»
«Mhm, international. Der Chef meint, wir sollen uns dranhängen.»
«Ans BKA?»
«Mhm! Du sollst denen laufend berichten. Den Rest machen dann die!»
«Des glaubt aber au bloß der Hauser!»
«Er wird noch mit dir drüber reden.»
«Ich geh wieder in d'Stadt!»
«Sei doch froh, wenn du die Verantwortung nicht hast», sagte Gächter.
«I wär se ja gern los, aber so ... noi ... nein!»
Bienzle stand auf.
«Wie geht's Hannelore?» fragte Gächter.
«I weiß net, wahrscheinlich gut!»
Bienzle marschierte an Gächter vorbei hinaus. Dabei nahm er ihm das Telex aus der Hand.
Er fuhr mit der Straßenbahn in die Innenstadt und stieg am Schloßplatz aus. Seit Tagen war die Sonne zum erstenmal so durch die Dunstschleier gedrungen, daß man ihre Wärme spüren konnte.
Bienzle las das Telex im Schloßgartencafé. Danach ging er zum Lufthansa-Stadtbüro und buchte für Samstag einen Flug nach Wien.
Von zu Hause aus rief er Hannelore an.
«Wie geht's», fragte er.
«Ich langweile mich!»
«Das fördert den Kurerfolg.»
«Und wie geht's dir?» fragte sie.
«Ich sehne mich nach dir. Jeden Tag ein klein bißchen mehr.»

«Siehst du, *das* fördert den Kurerfolg bei mir.»

Zum erstenmal, seitdem er am Tag zuvor nach Stammheim gefahren war, verflog Bienzles schlechte Laune.

Als er auflegte, hörte Bienzle Schritte im Treppenhaus. Er ging zur Tür und schaute hinaus. Conradt Cornelius kam schwer beladen die Treppe herauf.

«Na, wie sieht's aus?» fragte Bienzle.

«Ich hab das Engagement.»

«Nehmen Sie sich vor Daisy in acht», sagte Bienzle.

«Mach ich.» Conny stieg die Treppe vollends hinauf. In Bienzles Wohnung klingelte das Telefon. Inspektor Haußmann war dran. «Ich ruf Sie aus der *Royal-Bar* an. Ein Mordfall. Der Herr Präsident meint, Sie sollten sich das ansehen.»

Bienzle schlüpfte langsam in seinen Mantel. Über ihm spielte Conradt Cornelius eine Fuge von Bach, die eigentlich für Orgel geschrieben worden war.

Tom Teuber lag mit dem Kopf auf den Tasten. Er war von hinten erschlagen worden. Der Mann, der in der Nacht den schwarzen Mantel getragen hatte, stellte sich Bienzle als Holger Klatt vor – Besitzer der *Royal-Bar*. Er hatte die Leiche entdeckt. «Ich kann mir nicht vorstellen, wer diese grauenhafte Tat begangen haben kann», sagte er.

Bienzle klopfte mit den Fingerknöcheln auf den Flügel. «Das ist doch das Instrument, in dem gelegentlich Kokain versteckt wird.»

«Ich bitte Sie!» Klatt gab sich schockiert.

Bienzle trat so dicht vor Klatt hin, daß der unwillkürlich einen Schritt zurückwich. «Heut nacht, kurz nach zwei Uhr hab ich Teuber noch gesprochen», sagte der Kommissar.

«Sie? Aber warum?» Klatt wirkte plötzlich unsicher.

«Ich hab ihm gesagt, daß das nicht stimmt, was er Ihnen erzählt hat.»

«Mir?»

«Ja, Teuber hatte zu Ihnen gesagt, ‹der Bienzle hat den Conny Conradt aus dem Knast herausgeholt›. Nicht wahr, das hat er doch gesagt.»

«Ja, ich glaube schon!»

«Warum hat er das gesagt?»

«Tja», Klatt versuchte es mit einem Lächeln, «da müßten Sie ihn schon selber fragen, aber ... äh ... na ja ... das geht ja jetzt nicht mehr.»

«Warum hat Teuber wohl geglaubt, daß Sie das interessiert, Herr Klatt?»

«Es hat mich nicht interessiert.»

«Das war nicht meine Frage. Ich wollte wissen, warum Teuber wohl geglaubt ...»

«Ja, ja, ich hab Sie verstanden», unterbrach Klatt den Kommissar ungeduldig.

«Ja, und?» Bienzle konnte richtig freundlich lächeln, wenn er sich Mühe gab.

«Ich weiß keine Antwort.»

«Schade.»

«Kann ich Sie auch mal was fragen.»

«Bitte!»

«Warum waren Sie gestern abend hier?»

«Tja, sagen wir mal, um Sie zu überwachen, nachdem Sie zuvor mich überwacht haben!»

«Ich? Sie? Das ist ja lächerlich.»

«Na, irgendeinen Zweck müssen Kamera und Mikrofon über der Bar doch haben, oder?»

Bienzle ließ den nervösen Barbesitzer stehen und ging zu Haußmann hinüber, der ihm mißtrauisch entgegensah.

«Irgendwelche Angehörigen?»

«Teuber hat eine Freundin hier in Stuttgart und eine Mutter in Berlin.»

«Schon benachrichtigt?»

«Ja!»

«Sehr gut. Machen Sie ruhig weiter, wie Sie es für richtig halten, Haußmann.»

Bienzle verließ das Etablissement. Haußmann starrte ihm ungläubig hinterher. Das war das erste Mal, daß der leitende Hauptkommissar Ernst Bienzle ihm nicht den Fall aus der Hand nahm, sobald er selbst am Tatort aufkreuzte.

«Weißt du, warum der Teuber hat sterben müssen?» fragte Bienzle eine halbe Stunde später Gächter in dessen Büro.

«Vermutlich wollte er auf eigene Faust genau das tun, was du jetzt Conny Conradt tun läßt.»

«Könnte sein», sagte Bienzle. «Dreh mir mal a Zigarettle!»

Freitag

Teuber hatte sich das Klavierspielen selber beigebracht. Das erfuhr Bienzle am Freitag morgen von dessen Freundin Karin Rainer, die Haußmann vorgeladen hatte. «Sie haben mal ein ungemütliches Büro», sagte sie. Bienzle nickte. «Ich will mich hier ja auch nicht wohl fühlen.»

Er sah die Frau eindringlich an. Sie mochte 35 oder auch 38 Jahre alt sein – eine adrette, gepflegte Erscheinung mit einem glatten, runden Gesicht und dunklen braunen Augen.

«Ich hab Herrn Teuber nur flüchtig gekannt», sagte Bienzle, «aber – nehmen Sie's nur nicht übel – irgendwie hat der nicht zu Ihnen gepaßt.»

«Wie meinen Sie das denn?»

«A Windhund! Und Sie sind eine, mit der man jederzeit gemeinsam a Gschäft aufmache tät.»

Frau Rainer mußte unwillkürlich lächeln. «Gefällt's Ihnen nimmer bei der Polizei?»

«Genaugnommen, hat's mir da noch nie gfallen. – Aber jetzt muß ich Ihnen doch ein paar Fragen stellen: Wissen Sie, warum Tom Teuber gestern schon so früh im *Royal* war?»

«Er ist angerufen worden!»

«Von wem?»

«Ich weiß nicht. Auf jeden Fall war er nach dem Anruf ganz euphorisch. Er hat mich in die Arme genommen und gesagt: Wenn ich zurückkomme, hab ich eine große Überraschung für dich.» Sie wischte sich eine Träne aus dem Augenwinkel. «Er ist nicht zurückgekommen.»

Bienzle sagte: «Das paßt!»

Frau Rainer schaute überrascht auf. «Wozu paßt das?»

«Zu einer Theorie, die aber wirklich nur eine Theorie ist. Ich gehe davon aus, daß Ihr Freund Tom etwas in Erfahrung gebracht hatte, womit er jemanden erpressen konnte.»

Karin Rainer biß sich auf die Unterlippe, sagte aber nichts.

«Haben Sie zusammengelebt?»

«Seit drei Jahren, ja.»

«In der Alexanderstraße?»

«Ja.»

«Ich weiß, daß ich keinerlei rechtlichen Anspruch darauf habe», sagte Bienzle vorsichtig, «aber ich würde mir gerne die Wohnung einmal ansehen.»

«Eine Hausdurchsuchung?»

«Warum sind Sie denn so mißtrauisch?»

«Niemand hat gern mit der Polizei zu tun. Ich bin da keine Ausnahme.»

«Aber es muß Sie doch auch interessieren, warum man Ihren ... ähem ... Lebensgefährten umgebracht hat.»

«Nein. Ich hab nämlich Angst, daß nichts Gutes dabei herauskommt.»

«Ich begleite Sie nach Hause», sagte Bienzle und erhob sich. Manchmal hatte er eine Art, etwas zu sagen, die keinen Widerspruch duldete.

Die Wohnung war geräumig: fünf große Zimmer und ein hoher, heller Flur, der sein Licht durch ein Deckenfenster bekam. Sie befanden sich im Obergeschoß eines Altbaus, der erst vor kurzem renoviert worden war.

«Gekauft oder gemietet?» fragte Bienzle.

«Gemietet.» Karin Rainer warf ihren Mantel über einen Stuhl. Sie bot Bienzle nicht an, abzulegen.

«Was machen Sie beruflich?» fragte der Kommissar.

«Ich arbeite in einem Verlag als Sekretärin.»

Bienzle stapfte neugierig durch die Wohnung. Im größten Zimmer stand ein weißer Stutzflügel. Der Deckel war offen. Auf dem Notenbrett stand eine Mozartsonate. Bienzle beugte sich über die Notenblätter und schlug die ersten Takte an.

«Hat er das gespielt?» fragte er überrascht.

«Nein, das übe *ich* gerade.»

«Respekt!»

«Ich dilettiere nur.»

«Trotzdem.»

Karin Rainer ging in die Küche und rief über die Schulter: «Ich mach einen Kaffee, trinken Sie einen mit?»

«Ja, gern», rief Bienzle laut zurück und begann sofort zu suchen. Er war kein Systematiker und faßte eher zufällig mal hierhin, mal dorthin, hob die Notenbücher vom Stapel, öffnete Schranktüren, sah in Schubladen. Obwohl er so ungeordnet vorging, war er doch ganz sicher, etwas zu finden, wenn es hier etwas zu finden gab. Bienzle hatte in solchen Fällen noch immer auf sein Glück vertraut.

Die Wohnung war gut geheizt. Er schwitzte in seinem Parka, zog ihn aus und ging damit auf der Suche nach einem Kleiderhaken in den Flur hinaus. Hinter einem Gummibaum stand frei in der Ecke ein runder Kleiderständer. Bienzle hängte seinen Parka auf und wollte sich gerade wieder abwenden, als ihm auffiel, daß da ausschließlich Männersachen hingen. Er leerte die Taschen. Außer zwei Feuerzeugen, einer angebrochenen Zigarettenschachtel und einem Scheckheft brachte er auch ein paar zerknitterte Zettel hervor, die er nun in seinen eigenen Taschen versenkte, während er die anderen Sachen achtlos zurückstopfte.

Karin Rainer kam mit einem Tablett aus der Küche. «Kommen Sie!» Sie ging voraus in ein Erkerzimmer, das offensichtlich ihr Zuhause war. Im Erker stand ein Caféhaustischchen auf verschnörkelten schwarzen Beinen, umgeben von zerbrechlich wirkenden schwarzen Stühlen mit geflochtenen Sitzflächen. Bienzle ließ sich sehr vorsichtig nieder.

«Hat er gut verdient?» fragte er.

«Tom? Ich glaube nicht.»

«Aber das hier alles ...?»

«Er hatte immer mal wieder Sondereinkünfte gehabt.»

«Sondereinkünfte?»

«Ja, er hat arrangiert und manchmal auch komponiert.»

«Entschuldigen Sie», sagte Bienzle, «ich versteh nicht sehr viel von Musik, aber Tom Teuber hat auf mich nicht den Eindruck eines besonders begabten Musikers gemacht. Und hier liegt auch nichts rum, was auf Kompositionsarbeiten schließen ließe.»

«Ich hatte keinen Anlaß, ihm nicht zu glauben», sagte Frau Rainer, während sie Bienzle Kaffee eingoß. «Milch? Zucker?»

«Schwarz und bitter.» Bienzle nippte an der Tasse. «Könnte ich seine Kontoauszüge sehen?»

«Ich hab's ja gewußt – irgendwann werden Sie zudringlich.»

Bienzle blieb gelassen. «Ich sage Ihnen auch gerne, warum. Ich nehme an, daß Teuber Geschäfte gemacht hat, bei denen in der Regel bar bezahlt wird.»

«Ich verstehe.» Karin Rainer stand auf und ging aus dem Zimmer. Bienzle krustelte die zerknitterten Zettelchen aus seiner Hosentasche. Auf dem ersten stand eine Telefonnummer, auf dem zweiten stand Bienzles eigene Adresse, auf dem dritten eine offensichtlich schnell hingeworfene Notiz: «Mittwoch, 16 Uhr. Stammheim.» Bienzle steckte die Zettel wieder ein. Karin Rainer warf achtlos zwei kleine Hefte auf den Tisch. Bienzle blätterte sie schweigend durch. «Da haben wir's! Bareinzahlungen: 10000, 15000, 6500, einmal sogar 35000. Sein letzter Kontostand beläuft sich auf 37000 Mark. Beerben Sie ihn?»

«Ich weiß nicht.»

Bienzle lehnte sich weit zurück. Der Stuhl unter ihm knackte. «Wie haben Sie zu ihm gestanden?»

«Bitte?»

«Nun, ja, Sie wirken nicht unbedingt wie ... na, sagen wir mal, wie eine trauernde Witwe.»

«Ich war seine Freundin.»

«Eine Art Zweckgemeinschaft?»

«Ohne mich wäre er verkommen.»

«Und Sie?»

«Ich schaffe es auch alleine sehr gut, Herr Kommissar.»

Es klingelte an der Wohnungstür. Karin Rainer schaute überrascht auf.

«Erwarten Sie jemanden?» fragte Bienzle.

«Nein.»

«Dann tun Sie bitte so, als ob ich nicht hier wäre, ja?»

«Aber warum?»

«Bitte!»

Sie zuckte die Achseln und ging in den Korridor. Bienzle stand rasch auf und trat hinter die offene Tür. Er hörte, wie die Wohnungstür geöffnet und heftig gegen die Wand geschlagen wurde. Dann vernahm er schwere Tritte.

«Erlauben Sie mal!» rief Frau Rainer.

«Alles! Ich erlaube alles!» Bienzle hatte die Stimme schon mal gehört.

«Wir wollen uns nur umsehen.»

«Wer sind Sie?»

«Freunde von Tom», sagte ein anderer. Bienzle wußte jetzt, woher er die Stimmen kannte. Die beiden Männer hatten ihn am Abend zuvor in der *Royal-Bar* eingerahmt. Peter Weisser und Gottfried Huttenlocher, gute schwäbische Namen.

«Und was suchen Sie?» fragte draußen Karin Rainer.

«Das sagen wir Ihnen, wenn wir's gefunden haben!» Gottfried Huttenlocher lachte laut über seinen eigenen Scherz.

Bienzle tastete sich selber ab. Er wußte ganz genau, daß er seine Dienstwaffe nicht bei sich hatte, und trotzdem suchte er danach, als ob sie wie durch ein Wunder plötzlich irgendwo stecken könnte. Die beiden Besucher kamen durch die Tür. Weisser ging sofort auf das Tischchen zu und grabschte nach den Heften mit den Kontoauszügen. «Da haben wir ja schon mal was. Schau dir des Mädle an, die hat au schon amal guckt, was für sie rausspringt.»

Huttenlocher deutete auf die zwei halbvollen Kaffeetassen.

«Und wer trinkt da noch Kaffee?»

«Ich», sagte Bienzle und trat hinter der Tür hervor.

«Grüß Gott, Herr Huttenlocher, grüß Gott, Herr Weisser.»

«Scheiße, der Bulle», sagte Weisser.

«Legen Sie die Kontoauszüge hin», Bienzle trat auf die beiden zu. Es war ihm nicht sehr wohl dabei. «Sie wollen doch wohl meine Ermittlungen nicht behindern.»

«Ich? Wie käme ich denn dazu?»

«Eben!» Bienzle nahm Weisser die beiden kleinen Hefter aus der Hand.

«Tom Teuber war unser Freund», sagte Huttenlocher mit leichtem Tremolo in der Stimme.

«Ja, genau so sieht's aus!» Bienzle steckte die Kontoauszüge in die Tasche.

Weisser und Huttenlocher sahen sich ein wenig ratlos an.
Bienzle genoß es und dachte nicht daran, etwas zu sagen.
Karin Rainer rührte ihren Kaffee um.

«Tja, dann gehet wir amal wieder», sagte Weisser schließlich.

«Grüßet den Herrn Klatt von mir!» Bienzle lächelte die beiden freundlich an.

«Lieber nicht!» sagte Huttenlocher und ging rückwärts aus dem Zimmer. Weisser folgte ihm. Kurz darauf fiel draußen die Wohnungstür ins Schloß.

Bienzle atmete erleichtert auf. Frau Rainer schaute ihn deswegen überrascht an. Er grinste ein wenig verlegen. «Ich hab nicht mal eine Waffe bei mir.»

«Halten Sie die zwei denn für gefährlich?»

«Sie können fragen! Ich ermittle in einem Mordfall. Und das Opfer ist brutal erschlagen ... Oh, Entschuldigung, das ist mir so rausgerutscht.»

«Ich weiß, Tom ist von hinten erschlagen worden. Ihr Kollege hat's mir gesagt.»

Bienzle trank seinen Kaffee aus und stellte die Tasse ab. Er hatte sich nicht mehr hingesetzt. «Wenn Ihnen irgend etwas einfällt, was mir vielleicht helfen kann ...»

«Ich hab so wenig gewußt von dem, was er machte.»

«Mhm, das glaube ich. Hat er nie Besuch bekommen, nie Anrufe gekriegt?»

«Kaum. Bloß gestern, da hat der Conny angerufen.»

«Conny Conradt?»

«Ja!»

«Kennen Sie den?»

«Nicht näher. Tom hat ihn mir einmal vorgestellt. Das war ... Moment mal, ich muß nachdenken ...»

Bienzle rührte sich nicht, er wagte nicht einmal zu atmen.

«Das war vielleicht vor einem halben Jahr – richtig, genau, wir saßen im Garten vom Schellenturm, ein herrlicher warmer Tag war das. Conradt kam mit einem sehr jungen, hübschen Mädchen ... Warten Sie mal, sie hieß Anita ... Anita Gehring oder so ...»

«Gerling! Anita Gerling?»

«Ja, genau.»

Bienzle zog ein gelbes DIN-A-5-Kuvert aus der Tasche, fingerte das Foto der verschwundenen Frau heraus und reichte es Frau Rainer.

«Ja, die war's ... Was ist denn mit ihr? Die war unheimlich nett – so eine lustige, wissen Sie, so eine, für die es keine Probleme zu geben scheint.»

«Na ja, das hat sich inzwischen geändert.»

«Was ist denn mit ihr?»

«Verschwunden, verschleppt», Bienzle überlegte einen Augenblick, ob er Karin Rainer erzählen sollte, welches Schicksal Anita Gerling vermutlich durchlitten hatte. Aber er entschied sich dagegen. So gelassen, wie sie sich gab, war seine Gastgeberin bestimmt nicht wirklich.

«Wie kann denn so was passieren?»

«Tja, wenn wir das wüßten, wären wir ein Stück weiter, Frau Rainer. Vielen Dank für den Kaffee!» Er reichte ihr die Hand. «Ich find alleine hinaus!»

Karin Rainer blieb an dem Caféhaustischchen sitzen und rührte in ihrer fast leeren Tasse.

Von der Alexanderstraße waren es nur zehn Minuten bis zur Stafflenbergstraße. Im Treppenhaus schon hörte Bienzle das Klavierspiel aus dem Dachstock. Er ging an seiner Wohnungstür vorbei hinauf und klingelte. Conny Conradt trug einen hellgrauen Jogginganzug. «Hab ich Sie gestört?»

«Mit Klavierspielen stören Sie mich überhaupt nicht. Kann ich reinkommen?»

«Ja, sicher, ist ja Ihre Wohnung.»

Bienzle setzte sich in seinen Schaukelstuhl. «Tom Teuber ist ermordet worden.»

«Ich weiß.»

«Woher?»

«Ich war in der *Pazifik-Bar* heute früh, den Vertrag unterschreiben. Dort sprach man darüber.»

«Sie kannten Tom Teuber?»

«Nur ganz flüchtig.»

«Jetzt wäre Ihr alter Platz in der *Royal-Bar* wieder frei», sagte Bienzle.

«Ich halte mich an unsere Abmachung. – Krieg ich einen Waffenschein?»

«Die Anfrage läuft beim Innenministerium.»

Conradt Cornelius lief während des ganzen Gesprächs auf und ab. «Wonach soll ich genau suchen?» fragte er jetzt.

«Sie sollen nach gar nichts suchen. Nur die Augen offenhalten. Sonst geht es Ihnen wie Tom Teuber, und nachher bin ich schuld.»

Bienzle kramte die Zettel aus der Tasche, die in Teubers Kleidern gesteckt hatten. «Die hab ich in Tom Teubers Anzug gefunden. Da – meine – und nun auch Ihre Adresse und eine Notiz ‹Mittwoch, 16 Uhr. Stammheim› – Ihre Entlassungszeit. Und dann ist da noch eine Telefonnummer: 6448371 – kennen Sie die?»

Conradt Cornelius stoppte seine ruhelose Wanderung. «6448371 – nein, kenne ich nicht.»

Bienzle stemmte sich aus seinem Sessel heraus. «Ich hab eine große Bitte, Herr Cornelius, unternehmen Sie nichts auf eigene Faust. Wir sind da an irgendeiner brandheißen und kreuzgefährlichen Geschichte.» Er ging zur Tür.

«Ich bin übrigens am Wochenende verreist.»

«Fahren Sie zu Ihrer Freundin?»

«Nein, womöglich hätte ich danach die gleichen Entzugserscheinungen wie nach ihrer Abreise.» Er zog leise die Tür hinter sich zu. Eigentlich hatte er Cornelius in ein längeres Gespräch verwickeln wollen, aber der konnte so etwas sehr geschickt abblocken.

Von seiner Wohnung aus rief Bienzle im LKA an. Er gab Gächter einen kurzen Bericht und sagte dann, er werde nicht mehr kommen. «Wichtige Recherchen, die sich bis in die Nacht hineinziehen können.» Dann ließ er sich Wasser in die Badewanne, stellte einen Hocker daneben, baute sorgfältig ein Glas und die noch halbvolle Trollingerflasche auf. Von oben erklangen schnelle Läufe – immer wieder die gleichen. Conradt Cornelius war ein zäher und fleißiger Mann.

Als er sich ausgezogen hatte, holte Bienzle noch die Zeitung aus dem Wohnzimmer und ließ sich ins warme Wasser gleiten. Wie doch Phantasie und Wirklichkeit auseinandergehen konnten! Als er sich Wein ins Glas gießen wollte, mußte er sich kunstvoll verrenken und goß doch ein Drittel des Viertels kostbaren Güglinger Trollingers daneben. Für eine kurze Zeit hing die Zeitung mit einer Ecke im Wasser und sog sich voll wie ein Docht. Die Seiten klebten jetzt aneinander und waren lappig. Bienzle schmiß die Zeitung über den Wannenrand und fegte das Weinglas dabei vom Hocker. Resigniert ließ er sich so tief ins Wasser, daß nur noch die üppige Rundung über die bläuliche Oberfläche ragte. «Dieser Bauch, wohl gebaut aus Speisen», hieß es irgendwo bei Bert Brecht. Bienzle warf einen Blick auf den Kachelboden. Scherben und Wein, der aussah wie Blut. Wie sollte er bloß aus der Wanne kommen, ohne in die Scherben zu treten? Bienzle war ratlos. Und darauf schlief er ein. Er wachte erst wieder auf, als er fror. In der Wanne kniend, sammelte er die Scherben ein. Dann stieg er auf den Hocker, wobei er beinahe die Trollingerflasche umgestoßen hätte. Mit einem Satz erreichte er die Schwelle zum Wohnzimmer. Von dort aus zog er die Tür ins Badezimmer hinter sich zu.

Noch im Bademantel rief Bienzle die Nummer 6448371 an. Am anderen Ende meldete sich eine Frauenstimme. «Ja, hier bei Seifritz.»

Bienzle legte auf, ohne sich zu melden, und notierte den Namen Seifritz neben die Nummer auf das zerknitterte Zettelchen. Dann nahm er das Telefonbuch und suchte unter dem Namen Seifritz. Es gab mindestens 50 Teilnehmer, die so hießen. Bienzle verglich die Nummern und fand schließlich einen Bernhardt Seifritz, Makler und Finanzberater, der wohnte in Birkach im Steinpilzweg.

Er zog sich an und verließ die Wohnung. Aus dem Dachgeschoß erklangen harte Rhythmen. Conny Conradt spielte ein Jazzstück, das Bienzle schon einmal gehörte hatte, im Augenblick aber nicht zuordnen konnte.

Auf der Fahrt nach Birkach erinnerte sich Bienzle an die Geschichte vom württembergischen Herzog Carl Eugen, der nahezu in jedem Birkacher Haus einen Nachkommen gehabt haben soll. Die Herzögle nannte man sie, und bis auf den heutigen Tag glaubten manche, die illegitimen Nachkommen des damaligen Landesherrn an der Physiognomie erkennen zu können. Potent soll er gewesen sein, einfallsreich und herrschsüchtig. Casanova, der einmal in Stuttgart zu Gast gewesen war, hatte unter dem Herzog, der ihm doch wenigstens in einer Hinsicht ähnlich war, schwer zu leiden gehabt; denn er verlor in einer der Spielhöllen, die Carl Eugens Offiziere aufgezogen hatten, um das herzogliche Budget aufzufüllen, fast seine ganze Habe und mußte am Ende gar vor dem Gerichtsvollzieher und den schwäbischen Polizisten fliehen.

Seifritz wohnte in einem weitläufigen Bungalow direkt am Waldrand. Von hier aus ging der Blick weit über die Krautäcker auf den Fildern bis hinüber zur Schwäbischen Alb mit ihren charakteristischen Vorbergen. «Jusi, Teck und Neuffen, das sind drei große Häufen» – so hatte man die Namen früher auswendig gelernt.

Bienzle klingelte. Eine Haushälterin sagte, Herr Seifritz empfange niemanden ohne vorherige Anmeldung und Vereinbarung. «I will au net empfange werde, ich hab den Herra was zu frage», brummte Bienzle und schob die protestierende Haushälterin zur Seite.

Seifritz residierte an einem gut sechs Quadratmeter großen Tisch auf einer Galerie mit Blick auf die drei großen Häufen.

«Wer sind Sie, was wollen Sie?» fragte er unwirsch, als Bienzle die Treppe zu der Galerie hinaufstampfte. Der Kommissar zeigte seinen Ausweis.

«Polizei?»

Bienzle nickte und sah sich den Mann an. Er sah aus wie jemand, der einmal schwere körperliche Arbeit verrichtet hatte – ein breites Kreuz, muskulöse Arme, kräftige, grobe Hände. Sein derbes Gesicht war braun gebrannt. Er hatte eine Glatze, zwei senkrechte Falten in der Stirn und sehr blasse Augen. Die Nase mußte einmal gebrochen sein. Dies und eine Narbe zwischen Kinnspitze und rechtem Ohr gaben dem etwa sechzigjährigen Seifritz das Aussehen eines ehemaligen Boxers.

«Was wollen Sie von mir?» fragte er grob.

«Wie gut kannten Sie Tom Teuber?»

«Wen?»

«Den Pianisten Tom Teuber.»

«Kenn ich nicht.»
«Sind Sie sicher?»
«Absolut!»
«Er hatte Ihre Telefonnummer in der Tasche!»
«Na und?»
«Ich schließe daraus, daß er Sie anrufen wollte.»
«Mich rufen täglich zig Leute an.»
«Auch Freunde?»
«Die meisten kenn ich nicht. Ich hab was anzubieten, und wer sich dafür interessiert ...»
«Verstehe – war auch nur ein Versuch.» Bienzle wendete sich zum Gehen.
«Was ist mit dem Mann?» fragte Seifritz.
Bienzle blieb stehen, ohne sich nach ihm umzudrehen. Die Frage verriet immerhin ein gewisses Interesse.
«Er ist ermordet worden!»
«Ermordet?»
Bienzle drehte sich um. Das Gesicht des Mannes war plötzlich bleich geworden.
«Brutal erschlagen!» stieß der Kommissar nach.
Von unten hörte er einen erstickten Aufschrei. Er beugte sich über das Geländer. Die Haushälterin stand am Fuß der Treppe und hatte beide Fäuste gegen den Mund gedrückt. Bienzle drehte sich wieder um und schaute Seifritz an.
«Was haben Sie denn?»
«Nichts, nichts – nur ... ein Mord ...?»
Seifritz versuchte, seine Stimme unter Kontrolle zu bringen. «Ich ... ich meine ... wann hört man schon mal ...»
«Fast jeden Tag in der Zeitung und jeden Abend in der Tagesschau», sagte Bienzle. «Mord in den verschiedensten Variationen, nicht wahr. Nahe geht einem so was immer nur, wenn man das Opfer kennt. Sie, Herr Seifritz, haben Teuber gekannt, da leg ich meine Hand für ins Feuer!»
Seifritz holte aus einer Schachtel auf seinem Schreibtisch eine Zigarette. Seine Hände zitterten. Er zündete die Zigarette nicht an. Er stand auf und ging zu der Hausbar, die in einer Schrankwand hinter seinem Schreibtisch eingebaut war. «Sie auch was?»
«Danke, nein.»
Seifritz goß sich einen Schnaps ein und kippte ihn sofort. Er

blieb vor der Bar stehen, die Beine breit. Die Arme hingen seitlich herab und schwangen kaum merklich hin und her. Plötzlich hob er das Glas und warf es gegen die Panoramascheibe. Weder das Glas noch die Scheibe trugen einen Schaden davon. Bienzle setzte sich in einen Ledersessel.

«Wollen Sie mir nicht sagen, in welcher Beziehung Sie zu Teuber standen?»

«Nein!» Seifritz hatte sich wieder gefangen.

«Einmal werden Sie's mir sagen, Herr Seifritz.»

«Lassen Sie mich in Ruhe.»

«Wir werden Sie überprüfen müssen.»

Seifritz' Augen wurden schmal. «An Ihrer Stelle wäre ich vorsichtig, Herr äh ...»

«Bienzle!»

«Ach ja, Herr Bienzle, ich bin nicht ohne Einfluß.»

Bienzle nickte. «Daß Sie Geld haben, sieht man!» Er stand auf. «Geld macht nicht glücklich, aber mächtig, gell!»

«Hauen Sie bloß ab!»

Bienzle maß den Makler mit einem langen Blick. Er konnte einem leid tun.

Der Kommissar stieg die Treppe hinunter. Die Haushälterin sagte: «Ich bringe Sie hinaus.» Dabei sah sie ihn eindringlich, fast beschwörend an.

«Das ist nett», sagte Bienzle.

Oben am Geländer stand Seifritz und starrte auf ihn herab. Sie gingen durch die breite Halle zur Haustür.

Die Haushälterin trat mit Bienzle hinaus ins Freie. Sie warf einen hastigen Blick über die Schulter und sagte dann rasch: «Eine Zeitlang war er wie ein Sohn für ihn!»

«Teuber für Seifritz?»

«Ja. Er hätte ihn vielleicht sogar adoptiert. Aber der Thomas hat's ihm nicht gedankt – er ist ein undankbarer, böser Mensch.»

«Gewesen», sagte Bienzle, «jetzt ist er ja tot.» Bienzle kratzte sich am Kinn. «Eins verstehe ich nicht, wenn er so vertraut war mit Seifritz, warum hat er sich die Nummer auf einen Zettel notiert? Eigentlich müßte er sie doch im Kopf gehabt haben.»

«Er hat sich seit fünf Jahren nicht gemeldet, und wir sind letztes Jahr erst hier raufgezogen.»

«Verstehe!»

Von drinen rief Seifritz: «Anna!»

«Ich muß rein», sagte die Haushälterin rasch.

«Ja, sicher, gehen Sie nur.»

Tief in Gedanken, schritt Bienzle zu seinem Auto zurück. Eine Zeitlang blieb er regungslos hinter dem Steuer sitzen. Er wollte gerade den Motor starten, als er Seifritz aus dem Haus kommen sah. Mit angewinkelten Armen und vorgestrecktem Kopf ging der Makler auf seine Garage zu – zwei Zentner geballte Kraft, so wirkte er auf Bienzle. Das Tor öffnete sich elektronisch. Ein Jaguar und ein Jeep kamen zum Vorschein. Seifritz stieg in den Jaguar. Bienzle legte den ersten Gang ein und hielt den Fuß auf der Kupplung.

Der Jaguar huschte über das kleine Königsträßle Richtung Schönberg und Fernsehturm. Hier war früher Herzog Carl Eugen mit der Kutsche unterwegs, wenn er nach Hohenheim wollte. Bienzle hatte Mühe, dem schnellen Wagen zu folgen.

In Degerloch nahm Seifritz eine kleine Seitenstraße, bog in den Hainbuchenweg ein und ließ seinen Jaguar vor einem stattlichen Haus ausrollen. Er sprang aus dem Wagen und ging einen breiten, gepflasterten Weg an dem Haus vorbei nach hinten. In dieser Gegend standen die Gebäude in zwei Reihen gestaffelt, und alle hatten viel Grün drum herum. Bienzle nahm seine Walther aus dem Handschuhfach und steckte sie in die Außentasche seines Parkas. Er stieg aus, schob den Parka mit den Ellbogen nach hinten und versenkte die Hände in den Taschen. Langsam folgte er Seifritz.

Das hintere Haus mußte um die Jahrhundertwende gebaut worden sein. Bunte Jugendstilfenster schmückten die Eingangstür, die gerade zufiel, als Bienzle um die hintere Ecke des Vorderhauses kam. Bogenfenster, Arkaden, Balkon mit kleinen Säulen schmückten das Gebäude, das vor nicht allzulanger Zeit renoviert worden war. Bienzle las auf einem schmalen Kupfertäfelchen unter der Hausglocke den Namen Holger Klatt. So fügt sich eins zum anderen, dachte er bei sich, aber es war bestimmt noch ein weiter Weg, bis ein Ganzes daraus wurde.

Sollte er klingeln, hineingehen, eine Erklärung fordern? Bienzle ging um das Haus herum. Während der Pflasterweg säuberlich vom Schnee geräumt worden war, lag er hier noch gut dreißig Zentimeter hoch, verharscht und mit einer bläulichen Eisschicht überzogen. Bei jedem Schritt brach Bienzle tief ein. Er hinterließ deutliche Spuren.

Klatts Grundstück grenzte an den Wald. Im Hochparterre, hinter einer breiten Terrasse, sah Bienzle Seifritz hin und her laufen. Er schien erregt zu sein. Den Gesprächspartner konnte der Kommissar nicht erkennen, wahrscheinlich befand er sich tief im Zimmer, wo das Licht nicht mehr hinreichte. Bienzle näherte sich vorsichtig der Terrasse. Tief verschneite Steinstufen führten hinauf. Hier war seit Beginn des Winters wohl nie jemand gewesen. Vorsichtig stieg der Kommissar hinauf. Aber er hatte gerade drei Stufen hinter sich gebracht, da wurde im Haus eine Tür zugeschlagen. Kurz darauf hörte Bienzle, wie die Haustür aufgerissen wurde. Dann waren Stimmen zu vernehmen.

«Nimm doch Vernunft an, Bernhardt», schrie Klatt hinter Seifritz her. «Laß uns in Ruhe darüber reden.»

«In Ruhe? In aller Ruhe werd ich dir eine Kugel durch den Kopf jagen, du miese, kleine Ratte», schrie Seifritz zurück.

«Und ich sag dir noch mal, ich hab nichts damit zu tun!»

Bienzle hörte, wie die Schritte von Seifritz verharrten.

«In der *Royal-Bar* passiert gar nichts, was du nicht weißt, Klatt.»

«Diesmal aber doch.»

«Ich glaub dir kein Wort!» sagte Seifritz nun schon ein bißchen leiser.

«Augenblick mal –» rief Klatt und seine Stimme klang alarmiert, «was sind das für Fußspuren – bist du nicht alleine gekommen?»

«Ich brauch keinen!»

Bienzle hörte knirschende Schritte näher kommen. Er schob seine rechte Hand in die rechte Tasche des Parkas und umklammerte die Dienstwaffe. Dann trat er hinter der Hausecke hervor.

«Der Schnüffler!» entfuhr es Klatt. Seifritz machte ein paar Schritte auf ihn zu. «Was tun Sie hier?» fragte Klatt.

«Ich ermittle, das ist mein Beruf.»

«Und was ermitteln Sie?»

«Nun, ich will versuchen herauszubekommen, in welcher Beziehung die Beteiligten zueinander stehen. Sie zu Seifritz, Seifritz zu dem Ermordeten, der Ermordete zu Ihnen. Ich will wissen, wen Teuber erpreßt hat. Und mich interessiert auch, warum Herr Seifritz Ihnen eine Kugel in den Kopf jagen will. Natürlich hab ich eine Theorie, aber die taugt erst etwas, wenn ich sie beweisen kann. Immerhin aber sollten Sie wissen, Herr Klatt, von jetzt an tun Sie alles, was Sie unternehmen, unter den Augen der Polizei.»

Eine richtige kleine Rede war das gewesen. Und Bienzle war dabei immer näher auf Klatt zugegangen. Als der plötzlich seine Hand in die Tasche seiner Hausjacke steckte, zog Bienzle seine Dienstpistole. «Ich verabschiede mich dann», sagte er, «es sei denn, Sie hätten mir noch etwas mitzuteilen.»

«Das kommt schon noch», knurrte Klatt mit verbissener Miene. Bienzle ging an ihm vorbei, wendete sich aber sofort um und bewegte sich im Krebsgang auf die Zufahrt zu, so daß er beide Männer im Auge behalten konnte. Er kam an Seifritz vorbei und sagte: «Sie hätten mir ruhig sagen können, daß Tom Teuber einmal wie ein Sohn für Sie gewesen ist.»

Seifritz antwortete nicht. Bienzle behielt die beiden im Auge, bis er auf dem Gehsteig des Hainbuchenwegs dicht neben seinem Wagen angekommen war. Als er einstieg, sah er, daß auch Seifritz das Grundstück verließ und zu seinem Jaguar zurückkehrte.

Bienzle fuhr in die Stadt zurück. Es war inzwischen später Nachmittag. Die Temperaturen waren ein wenig gestiegen, und prompt hatte es zu schneien begonnen.

Der Fall hatte zu viele lose Enden. Außerdem ging Bienzle alles zu schnell und zu glatt. Da konnte man damit rechnen, daß sich die großen Komplikationen noch einstellen würden. Von unterwegs rief Bienzle seinen Kollegen Gächter an und verabredete sich mit ihm in der *Kiste*.

Die Kiste – ein zweistöckiges Weinlokal am Rande des Bohnenviertels in der Kanalstraße – befand sich in einem schmalbrüstigen alten Haus, dessen Front knapp fünf oder sechs Meter breit war. Der untere Raum glich einem vollgestopften Wohnzimmer. Auf dunkel gebeizten Bänken und Stühlen saßen die Menschen dicht beieinander, aßen Maultaschen oder Leberknödel, manche auch nur eine Butterbretzel, und tranken Württemberger Wein.

Die meisten waren erkennbar wohlsituiert. Die Männer trugen Anzüge oder Kombinationen in gedeckten Farben und konservative Krawatten, die Frauen mieden in der Mehrzahl Hosen. Sie trugen vornehmlich Rock und Bluse. Die Gespräche verliefen wohltemperiert, selbst dann, wenn man einen Bekannten auf die gemeinste Weise durchhechelte: «Der? Der hat doch überhaupt koi Geld, der duet doch bloß so!» – «Wer ischt gschtorben? Der Teltschick? Aha. Wie alt ischer worde? 75? – Ha des ischt a schös Alter für en Flüchtling.»

Bienzle setzte sich an den runden Tisch in der Ecke, gleich gegenüber der Tür, bestellte einen Korber Kopf Trollinger und nahm sich eine Bretzel aus dem Brotkörbchen.

«So, Herr Nachbar», sagte ein alter Mann am Tisch, «au amal wieder?»

Bienzle nickte, ohne etwas zu sagen. Er kannte den Mann nicht, nicht einmal vom Sehen. Am langen Nebentisch war eine Diskussion im Gange. «Irgendwann wird mr ja amal wieder was sage könne – gege die Jude.»

«Haja – die send doch längscht wieder überall dren!»

Bienzle beobachtete an einem kleinen Tisch in der Nähe der Theke einen Mann, den er kannte. Herbert Fach, ein ausgezeichneter Grafiker, Mitte Fünfzig, groß, hager, mit einer kreisrunden Brille. Seine dunkle Haartolle fiel ihm bis auf die Nasenwurzel. Fach war der Sohn eines Stuttgarter Rechtsanwalts und einer jüdischen Malerin. Die ganze Familie der Mutter war von den Nazis umgebracht worden. Die alte Frau Fach hatte zwar in der Schweiz überlebt, war aber zwei Jahre nach Kriegsende gestorben. Herbert Fach hatte Bienzle einmal erzählt, wie enttäuscht er gewesen sei, daß er nicht zum Jungvolk und nicht zur Hitlerjugend gedurft hatte.

Fach strich sich die Locke mit einer heftigen Bewegung aus der Stirn. Er verfolgte mit zunehmender Anspannung das Gespräch an dem langen Tisch.

«In manchem send se ons ebe au voraus, die Jude», sagte nun einer dort drüben.

«Ja em Geldverdiene», rief ein anderer, «ond zsammehalte tun se wie Pech und Schwefel.»

«Rücksichtslos», sagte ein anderer, «und arrogant.»

Fach erhob sich halb von seinem Stuhl. Bienzle rutschte auf seiner Bank ein wenig nach vorne.

«Vielleicht hent die Nazis oifach zviel übrigglasse!»

«Hano, hano, mach's halblang», rief einer dazwischen.

«Wenn scho, denn scho», sagte der andere.

Plötzlich stand Fach an dem langen Tisch. «Wenn schon was?» preßte er heraus. Die Gesichter wandten sich ihm zu. Eine Frau sagte: «Mir redet hier ganz unter uns.»

«Aber laut genug, daß es alle hören», gab Fach zurück.

«Schtört Sie's?» fragte ein Mann durchaus freundlich.

Fach wirkte plötzlich verwirrt.

Bienzle hatte sich bis an die Kante der Bank vorgeschoben. Jetzt stand er auf und sagte: «Ja, jetzt guck an, der Herr Fach. Sie hab i jetzt au scho lang nimmer gseha. Wollet Sie sich net a bißle zu mir setza?»

«Bitte?» Fach sah ihn überrascht an. «Ach, Sie sind's. Grüß Gott, Herr Bienzle.»

Man gab sich die Hand.

Die Menschen am langen Tisch wechselten das Thema und unterhielten sich über Tennis. Boris Becker, groß, breit, blond, war schon seit gut einem Jahr der Held der Nation.

Bienzle hatte Mühe, Fach zu beruhigen. Er wußte, daß der Grafiker dazu neigte, zu viel zu trinken, wenn er aus dem Gleichgewicht kam. Nur um etwas zu sagen, fragte er: «Kennen Sie zufällig einen Makler und Finanzberater namens Bernhardt Seifritz?»

«Nicht eigentlich zufällig. Ich hab mal für ihn gearbeitet.»

«Ach?»

«Ja, ich hab das Erscheinungsbild für seine Firma entwickelt – Firmenzeichen, Briefkopf und so weiter, Sie wissen schon.»

«Und? Wie ist er so?»

«Grobschlächtig, aber im Grunde kein schlechter Mensch.»

Fach sah zu den Leuten am langen Nebentisch hinüber. Bienzle bestellte noch ein Viertel. «Er hatte so eine Art Pflegesohn.»

«Den Pianisten meinen Sie?»

«Mhm – Sie wissen eine ganze Menge!»

«Stuttgart ist ein Dorf. Sie können manchen Leuten gar nicht entgehen.»

Bienzle nickte. Dann fragte er: «Wissen Sie, warum Tom Teuber von Seifritz weggegangen ist?»

«Nein, aber ich könnte mir denken, daß Seifritz zu hohe Ansprüche an ihn stellte. Er gehört nicht zu denen, die teilen können. Und er muß immer selber das Sagen haben.»

«Teuber galt als schwacher Mensch.»

Fach wiegte den Kopf hin und her. «Clever ist er und charmant und labil. Im Grunde braucht er einen wie Seifritz, der ihm sagt, wo's langgeht.»

«Jetzt nicht mehr.»

«Bitte?»

«Er ist tot, ermordet. Morgen wird's vermutlich in der Zeitung stehen.»

Fach starrte Bienzle einen Augenblick an, als ob er sich fürchtete. «Das ist ja schrecklich.»

Bienzle sagte nichts dazu. Er sah zur Tür hin, wo Gächter jetzt erschien. Er mußte sich unter dem Türbalken bücken, um nicht anzustoßen. Auf dem Weg zu Bienzle bestellte er sich ein Weißweinschorle und geschmelzte Maultaschen. Er begrüßte Fach mit Handschlag und nickte Bienzle zu, ehe er sich setzte und seine langen Beine unter dem Tisch verstaute.

«Hab i recht ghört?» fragte Bienzle. «Du hast ein Schorle bestellt?»

«Ja, ich kenne deinen Spruch, ‹ich kann's Wasser in den Schuhen schon nicht leiden und noch viel weniger im Wein!›» Gächter wandte sich Fach zu. «Wenn man eine Weile mit ihm arbeitet, kennt man seine ganzen Sprüche.»

«Oh, du liabs Herrgöttle von Biberach», zitierte Fach, «wie hent die d'Mucka verschissa.»

Alle drei lachten laut.

Kurz darauf verabschiedete sich Fach, dem es nicht entgangen war, daß die beiden Kriminalbeamten etwas zu besprechen hatten. Bienzle zog das Telex vom BKA aus der Tasche und las, wie um sich auf das Gespräch mit Gächter vorzubereiten, den Text noch mal.

zu anfrage lka stuttgart, 21. februar 1986. uc des bka ist es gelungen in die bande einzudringen. nachrichten vorerst noch spärlich, mädchen – insgesamt 27

bisher aktenkundig, tatsächliche zahl vermutlich höher – werden in der ersten etappe nach wien gebracht, vermutlich in eine bar mit saunaclub namens «red rose». mädchenhandel ist vermutlich nur einer der tätigkeitsbereiche der gruppe. wir ermitteln in sachen falschgeld, waffen- und rauschgifthandel. bitte bka über alle schritte ihrerseits unterrichten.
wiesbaden, 22. 2. 86 hk zeller 47389 – 14.00

Gächter nippte an seinem Schorle. «Wir kratzen da bloß am Rand», sagte er. «Hast du irgendwas rausgekriegt?»

Bienzle nickte. Er nahm von Gächters Teller, der gerade serviert wurde, eine Maultasche mit den Fingern und biß ab. Die Brühe tropfte auf den Tisch. Mit vollem Mund bestellte Bienzle schnell: «Für mich das gleiche.» Dann wandte er sich wieder Gächter zu. «Klatt steckt mit drin. Ich nehme an, Teuber hat ihn oder einen Freund von ihm erpreßt.»

Bienzle warf die beiden Hefter mit Teubers Kontoauszügen auf den Tisch. «Kannst du zu den Akten nehmen. Unregelmäßige Einträge in erstaunlicher Höhe. Teubers Freundin meint, er habe sich das Geld mit Arrangements und Kompositionen verdient. Aber das ist mehr als unwahrscheinlich. Klatts Gorillas waren übrigens auch bei dieser Karin Rainer, offensichtlich um Indizien zu beseitigen, die auf ihren Boss hindeuten könnten. Und dann gibt es noch einen gewissen Bernhardt Seifritz, Makler und Finanzberater. Bei ihm hat Teuber eine Zeitlang gelebt, allerdings wohl nicht so ganz zu Seifritz' Freude. Trotzdem hat der Makler sich Klatt vorgeknöpft und ihm gedroht, ihn umzubringen.»

«Und woher weißt du das?»

«Ich war dabei.»

«Zufällig?»

«Blödsinn, ich war Seifritz gefolgt.»

«Und ich hab gedacht, du machst dir einen schönen Tag.»

«Nicht bevor ich weiß, wer die Mädchen verschleppt hat.»

«Das BKA ...»

«Ja, ja – aber ich hab Cornelius nun schon auf der Fährte laufen.»

«Pfeif ihn zurück.»

«Nein. Und jetzt paß auf. Ich muß übers Wochenende verreisen.»

«Du fährst zu Hannelore?»

«Nein. Ich bin sozusagen dienstlich unterwegs.»

«Und ich soll auf Cornelius aufpassen.»

«Genau.»

«Und wenn ich nun auch was Wichtiges vorhätte am Wochenende?»

«Müßtest du's verschieben!»

«Ach ja?» Gächter wurde langsam sauer.

«Es muß sein, Gächter.»

«Was hast du vor?»

Bienzle druckste herum.

«Ich übernehme den Job nur, wenn du mir reinen Wein einschenkst.»

«A Schorle däts ja vielleicht auch», sagte Bienzle mit einem schiefen Grinsen.

«Nein», sagte Gächter ernst.

«Also gut», Bienzle gab sich einen Ruck. «Ich flieg nach Wien.» Seine Maultaschen kamen. Gächter ließ beinahe sein Glas fallen. «Sag das noch mal.»

«Wien ist eine schöne Stadt. Vielleicht geh ich in ‹*Cats*›. Ich kenn da einen, der kennt den Peter Weck und der ist der Direktor des Theaters an der Wien und vielleicht ...»

«Lenk nicht ab», sagte Gächter böse.

«Also gut. Du kennst mich doch, Gächter, es ist mehr ein Gespür, eine Intuition.»

«Die Wiener Polizei ermittelt.»

«Eben.»

«Was, eben?»

«Die Ganoven rechnen mit allem, aber bestimmt nicht mit so einem wie mir.»

«Du bringst dich in Teufels Küche.»

«Das wär ja nicht das erste Mal.»

«Sturer Hund!» sagte Gächter.

Bienzle bezahlte. «Wenn wir Cornelius noch zu Hause erreichen wollen, müssen wir los.» Bienzle hatte die Maultaschen kaum angerührt.

Cornelius hatte sich gerade etwas zu essen gemacht und den Teller auf den runden Tisch unter dem Dachflächenfenster gestellt.

«Essen Sie ruhig», sagte Bienzle, «ich wollte Ihnen nur Herrn Gächter vorstellen, meinen Kollegen.»

Cornelius blieb reserviert.

Bienzle setzte sich in den Schaukelstuhl. Gächter lehnte an der Wand und begann sich eine Zigarette zu drehen.

«Ich hab hier oben auch schon manchmal gewohnt», verriet er, nur um etwas zu sagen. Cornelius antwortete nicht.

Bienzle gestand: «Wenn ich wüßte, warum sich Teuber Ihre Entlassungszeit notiert hat, wär mir wohler. Zudem hat er auch noch diese Anschrift hier aufgeschrieben gehabt.»

«Könnte es sein, Herr Cornelius, daß Sie etwas wissen, was denen gefährlich werden kann?» fragte Gächter.

«Kaum.»

«Aber es muß doch einen Grund dafür geben, daß Teuber sich die Zeit und die Adresse notiert hat.»

Cornelius zuckte nur mit den Achseln.

Gächter musterte den Pianisten aus schmalen Augen. «Wenn Sie etwas auf eigene Faust versuchen, kann's nur schiefgehen. Wir haben schon zu viele von der Sorte, die sich als Einzelkämpfer verstehen.» Dabei schaute er Bienzle eindringlich an. Bienzle saß weit zurückgelehnt in seinem Schaukelstuhl, hatte die Arme über der Brust gekreuzt und die Augen halb geschlossen. Er sah aus, als ob ihn das alles gar nichts anginge.

Gächter stieß sich von der Wand ab. «Da ich übers Wochenende Ihr Kindermädchen spielen muß, wäre ich Ihnen dankbar, wenn Sie mir sagen könnten, wo Sie sich jeweils aufhalten.»

«Gerne.» Cornelius schob den Teller von sich. «Ich spiele heute abend in der *Pazifik-Bar*. Vertragsgemäß bis zwei Uhr. Dann werde ich dort noch eine Zitrone Natur trinken und ein paar Saftwürstchen essen. Um drei Uhr möchte ich im Bett liegen. Morgen stehe ich nicht vor elf Uhr auf, dann mache ich einen Waldlauf. Sie können mich ja begleiten. Am Nachmittag wollte ich lesen. Gegen 22 Uhr werde ich dann wieder ins *Pazifik* gehen. Und der Sonntag wird vermutlich ähnlich verlaufen wie der Samstag, nur daß ich abends nicht auftreten muß.»

Gächter war die Ironie in Cornelius' Stimme nicht entgangen, aber er war nicht empfindlich.

«Vorerst glaube ich nicht an eine Gefahr», sagte Gächter, «aber das kann sich vielleicht schnell ändern. Ich denke, daß ich übers Wochenende in Bienzles Wohnung hausen werde. Oder?» Er sah Bienzle fragend an. Der schien aus tiefen Gedanken aufzuschrecken. «Ja, natürlich, wie du willst.»

Dann wandte er sich dem Pianisten zu. «Ihr Freund Vinzenz Wolf – können Sie mir von ihm eine genaue Beschreibung geben?»

Cornelius nickte. «Er ist etwa einssiebzig groß, stämmig, hat sehr schwarze lockige Haare – so im Afro-Look, also richtig kraus. Er trägt eine Brille und hat ein sehr charakteristisches Grübchen im Kinn – tief eingegraben. Was mir immer bei ihm aufgefallen ist, sind seine langen Arme. Sie sind einfach zu lang. Deshalb haben wir ihn manchmal auch den ‹Affen› genannt. Und er trägt immer ein Goldkettchen um den Hals. Außerdem liebt er teure Uhren, so von 1200 Mark an aufwärts.»

«Gute Beschreibung», lobte Bienzle.

«Ich wußte ja, daß Sie nach ihm fragen würden.»

Bienzle und Gächter sahen Conny Conradt überrascht an.

Samstag

Die Maschine landete kurz nach acht Uhr morgens in Wien-Schwechat. Die Landebahn war mit einem dünnen Eisfilm überzogen. Ein kalter Wind fuhr über den Platz. Bienzle fror. Im Bus, der die Passagiere von der Maschine zum Flughafengebäude brachte, fragte sich Bienzle, was er nun eigentlich hier wollte. Im Zweifel konnte er die beiden Tage einfach als Tourist verbringen, in eine Ausstellung gehen, Schloß Schönbrunn besichtigen, in Grinzing einen Wein trinken oder über den Naschmarkt schlendern. Er nahm ein Taxi in die Stadt. Den Fahrer fragte er nach dem Club *Red Rose*, was ihm einen verwunderten Blick einbrachte. «Sie sehen aber net so aus», sagte er. Bienzle mußte unwillkürlich lachen. Ob er ihm vielleicht eine preiswerte Pension empfehlen könne, fragte er den Fahrer.

«In der Dorotheengasse, dann können S' z'Fuß zum *Red Rose.*»

«Na, wunderbar!» Bienzle lehnte sich zufrieden zurück.

«Und Sie sind in fünf Minuten am Ring.»

Bienzle gab dem Fahrer ein ordentliches Trinkgeld. Die Pension war im ersten Stock eines alten Hauses. Die ausgetretenen Treppenstufen knarrten unter seinen Tritten. Eine Doppeltür mit zwei kreisrunden Glasscheiben führte in einen Vorraum, der offensichtlich auch als Frühstückszimmer diente. Eine freundliche ältere Frau, die höchstens anderthalb Meter groß war, vermutlich aber annähernd zwei Zentner wog, begrüßte ihn. Sie trug eine blütenweiße, frischgebügelte Schürze mit kunstvollen Lochstickereien an den Rändern.

Das Zimmer war schmal und lang. Zum Bad mußte man über den Flur gehen. Bienzle stellte seine Reisetasche ab, ließ sich einen Schlüssel für Haus- und Stockwerkstür geben und sagte der Wirtin, er werde wohl erst spät am Abend zurückkehren.

Es war ein kalter Wintertag. Die Sonne stand weiß am Himmel. Bienzle schlenderte die Dorotheengasse hinunter, am Dorotheum vorbei, von dem er wußte, daß es das größte Pfandleihhaus und gleichzeitig eines der berühmtesten Versteigerungshäuser neben Christie's und Sothebee's war. Er überquerte den Heldenplatz und ging ein Stück am Burgring entlang. Die Stadt war voller Leben. Über die Bellariusgasse erreichte er die Burggasse. In einer der Seitengassen fand er den Club *Red Rose*. Er klopfte mit dem Tigerkopf aus Messing gegen die Messingplatte auf der dunkelgrüngestrichenen Tür. Über dem Tigerkopf öffnete sich eine Klappe. Ein müdes Frauengesicht erschien. «Wir machen erst um vier Uhr auf», sagte es.

Bienzle nickte. «Steht ja dran. Ich suche jemanden.»

«Ja?»

«Vinzenz. Vinzenz Wolf aus Stuttgart.»

«Den finden Sie am ehesten im *El Dorado* um diese Zeit.»

Die Klappe wurde geschlossen.

Bienzle schüttelte den Kopf, als ob er nasse Haare hätte.

Hatte die Wiener Polizei etwa nicht nach Wolf gefahndet? Da gab es doch eine Anfrage seiner eigenen Dienststelle und die Aktivitäten des Bundeskriminalamtes. Wenn es so einfach war ... Wieder schüttelte er seinen massigen Schädel.

Dabei war die Antwort einfach. Die Anfrage aus Deutschland war routinemäßig erledigt worden. Zweimal hatte ein Beamter nach Vinzenz Wolf gefragt, und jedesmal hatte man ihm erklärt, einen solchen Mann nicht zu kennen. Kein Wunder; denn Wolf war auch erst seit zwei Tagen in der Stadt. Er hatte sich sechs Wochen in Mailand und Neapel aufgehalten. Die Anfragen nach ihm ruhten in irgendeinem Ordner. Viel Bedeutung hatten die Wiener Beamten der Sache ohnehin nicht beigemessen.

Bienzle ging zum Burgring zurück und fragte einen Polizisten nach dem *El Dorado*. Der Beamte deutete wortlos auf ein Plakat. Bienzle sah einen riesigen pyramidenähnlichen Bau aus Glas, darum herum viel Grünflächen, eigenartig geformte Wasserbecken, weiße Mauern, die an südliche Länder erinnerten, rote Markisen und bunte Sonnenschirme. Und er las:

Ein gesunder Geist in einem gesunden Körper – das erreichen Sie beim Ausspannen im El Dorado. *12 000 Quadratmeter Fläche für Sport und Erholung – mit unseren Swimming-pools, Tennishallen, den acht Saunakammern und -häusern, Dampfbädern, Hot-Whirlpools, Solarium, Massage, Fitness-Center, Spielräume, Wasserbühne, zehn Restaurants, Hunter's Bar, Anthony's Bar und unseren Pool- und Saunabars ... – Sie sehen, das* El Dorado *ist das Freizeitzentrum mit den unbegrenzten Möglichkeiten.*

«Und wie komm ich da hin?» fragte Bienzle den Polizisten.

«Mit der 14 nach Vösendorf.» Der Beamte deutete mit dem Daumen über die Schulter zu einer Straßenbahnhaltestelle.

Seit Bienzle wußte, daß er zum *El Dorado* wollte, schien das Freizeitzentrum allgegenwärtig zu sein. In der Straßenbahn sah er ein Plakat *Im* EL DORADO *ist immer etwas los.* Auf der Seebühne gastierten «Muckenstrunz und Bamschabl». Bienzle sah ein Foto: Mitten in einem tropisch aufgeputzten Glaspalast voller Wasser, Stufen, Terrassen und Treppen tummelten sich zwei

Clowns auf einer Bühne. Die Leute sahen vom Wasser aus zu oder saßen auf Stufen, die sich verbreiternd wie in einem römischen Amphitheater nach oben schwangen.

«Dös ist scho was», sagte ein Mann, der neben ihm saß und Bienzles Interesse an dem Plakat bemerkt hatte. «Wo kommen S' her?»

«Aus Stuttgart.»

«Ach so, aus'm Reich!»

Bienzle sah ihn überrascht an. «Sagt man noch immer so?»

«Ja, freilich.»

Der Mann zupfte Bienzle vertraulich am Ärmel und beugte sich weit zu ihm herüber. «Da können S' einen Bungalow mieten. Sechs Stück haben S' davon. Grad da drin unter dem Glasdach. Aber es sind Häuser für sich mit eigener Sauna und eigenem Swimming-pool. Kosten 30000 Schilling am Wochenende. Genau das Richtige für so einen reichen Weinbauern aus dem Burgenland oder einen Großkopfeten aus der Industrie, wenn er mal was losmachen will, Sie verstehen schon!»

Bienzle nickte. «Was man halt so braucht für einen gesunden Geist in einem gesunden Körper.»

Der Mann lachte scheppernd.

Das *El Dorado* stand inmitten einer häßlichen Industrielandschaft. Selten hatte Bienzle etwas so Deplaciertes gesehen. Hotel, Sportpark und die riesige Halle sahen aus, als seien sie direkt aus Djerba oder Casablanca hierher versetzt worden. Der Eindruck verstärkte sich noch, als Bienzle in einer für 50 Schilling gemieteten Badehose die Pyramidenhalle betrat. Tropische Hitze schlug ihm entgegen. Mächtig wuchernde Palmen und Agaven ließen nur ausschnittartige Blicke auf das vielfach gegliederte künstliche Gelände unter dem Glasdach zu. Von irgendwoher klang Musik.

Die Swimming-pools wirkten wie lose daliegende Puzzle-Stücke. Dazwischen gab es immer wieder Inselchen, auf denen sich die Badegäste auf bequemen Liegestühlen aalten. Ein Restaurant namens *El Punto* warb auf der in den *Tropical Garden* hineinragenden Terrasse für Mittelmeerspezialitäten, daneben sah Bienzle ein französisches Bistro.

Langsam schlenderte Bienzle durch den *Tropical Garden*. In den Schwimmbecken befanden sich kreisrunde Bars mit Strohdächern. Die Gäste saßen auf weißen Hockern im Wasser. Der Barkeeper stand im Trockenen. Zwei Frauen, die gerade mit Sekt anstießen, schauten zu Bienzle her. Er versuchte, den Bauch einzuziehen. Die Frauen schienen das vergebliche Bemühen bemerkt zu haben und lachten.

Bienzle hatte eine Tageskarte gelöst, die ihn berechtigte, alle Angebote des Hauses zu nutzen. 195 Schilling hatte sie ihn gekostet. Knappe 28 Mark. Eigentlich nicht viel für das, was hier geboten wurde. Er beschloß, in die Sauna zu gehen. Ein hoher, heller Raum erwartete ihn, versteckt unter Arkaden die hölzernen Saunakammern, jede mit einer anderen Temperatur. Draußen im Garten fest gemauerte Saunahäuser, weitläufige Liegewiesen, zwei Schwimmbecken – alles geschickt gegen neugierige Blicke von außen geschützt. Ein künstlicher Wasserfall rauschte über klotzige Natursteine herab.

Bienzle begann sich gezielt umzusehen. Die Frauen waren in der Mehrzahl – ungewöhnlich eigentlich für eine Sauna. Einige saßen nackt, wie sie waren, mit breit abgespreizten Beinen auf ihren Liegen und strickten, für Bienzle ein unglaublich obszönes Bild.

Bienzle ging in die Sauna, deren Temperatur mit 90 Grad angegeben war. Er schwitzte schon nach zwei Minuten. Wohlig streckte er sich auf dem Holzrost aus. Er konnte sich noch immer entscheiden, fünfe grad sein zu lassen und den Ausflug nach Wien einfach zu genießen. Er drehte sich auf die Seite. Auf der Darre gegenüber saß, die Beine dicht angezogen, eine junge Frau mit einer makellosen Figur. Sie hatte wildgelocktes schwarzes Haar, leicht schräg stehende Augen unter kräftigen schwarzen Brauen, einen vollen, ziemlich breiten Mund und hohe Backenknochen. Die Linie vom Hals über den Rücken und die Rundung ihres Pos und dann die schmalen Schenkel entlang wirkte vollkommen. Schnell drehte sich Bienzle wieder um. Was denn, wenn er hier plötzlich einen Ständer bekam? Er konzentrierte sich auf die Frage, ob er nun weiter recherchieren oder weiter relaxen sollte. Er wälzte sich auf den Bauch und legte seinen Kopf auf die Unterarme, und zwar so, daß er wieder zu der Frau hinübersehen konnte.

Die Frau lächelte und sagte: «Wenn Sie sich nicht entspannen, nützt die ganze Sauna nichts.»

Bienzle schämte sich ein wenig.

Die Frau verließ ihren Platz, schlüpfte in ein Paar hochhackige Holzpantinen und verließ die Sauna, nachdem sie Bienzle noch mal ein Lächeln gegönnt hatte.

Bienzle wartete, bis die Sanduhr durchgelaufen war, und ging dann ebenfalls hinaus. Er lieh sich einen weißen Bademantel aus und steuerte die Bar an, um einen Kaffee und einen warmen Apfelstrudel zu bestellen. Die Frau aus der Sauna lag auf einer Liege unter einer etwas mitgenommenen Palme und las in einem Buch. Bienzle entzifferte den Titel: ‹*Das Geisterhaus*› von Isabel Allende.

Und dann sah er ihn. Er saß ihm genau gegenüber. Krauses schwarzes Haar, ein tiefes Grübchen im Kinn. Brille. Die Arme hatte er abgewinkelt auf den Tresen gelegt. Er stand. Auch die Größe stimmte. Ein Meter siebzig! Er hatte eine attraktive blonde Frau dabei, die sich gerade einen Gin Tonic bestellte. Vinzenz Wolf selber nahm einen Tomatensaft. Er und seine Partnerin waren nackt, wie die meisten, die hier etwas zu sich nahmen. Wolf hob jetzt spielerisch mit der flachen Hand die linke Brust der jungen Frau etwas an. Sie protestierte wenig ernsthaft. Wolf lachte laut und selbstgefällig. Bienzle stocherte in seinem Apfelstrudel herum. Die Sahne zerlief neben dem warmen Gebäck.

«Wann kommt er denn, Vinzenz?» hörte Bienzle die Frau neben Wolf sagen. Damit waren auch die letzten Zweifel beseitigt. Bienzle hätte sich zu dem, was er in einem solchen Fall «Dummenglück» nannte, beglückwünschen können. Aber er fühlte sich nicht wohl.

Vinzenz Wolf antwortete: «Je später, je lieber.»

Die Frau aus der Sauna legte ihr Buch zur Seite, erhob sich mit einer geschmeidigen Bewegung, warf ihren Bademantel über die Schulter und kam zu Bienzle herüber. «Laden Sie mich zu einem Kaffee ein?» Bienzle war baff. Wie oft hatte er sich gewünscht, daß es einmal umgekehrt gehen, daß eine Frau, die ihm gefiel, ihn ansprechen würde, aber jetzt, da es geschah, erschrak er.

Die Frau lachte. «Ich heiße Annegret. – Eine Melange und

einen Strudel, bitte», rief sie dem Barkeeper zu. Dann sah sie Bienzle von der Seite an. «Ich hab Sie hier noch nie gesehen.»

«Ich bin auch zum erstenmal da.»

«Schwabe?»

«Mhm.»

«Das hört man.»

«Sie sind auch keine Wienerin, oder?»

«Ich bin aus Frankfurt und arbeite nur vorübergehend in Wien.»

«So ähnlich ist es bei mir auch.»

«Ja, das habe ich gesehen.»

«Bitte?»

«Sie beobachten das Pärchen dort drüben.»

Nun war Bienzle zum zweitenmal baff. «Wie ... wie kommen Sie denn darauf?»

«Ich bin Privatdetektivin.»

«Ach. So was gibt's tatsächlich, ich meine, eine Frau, die ...»

«Ja, sicher. Ich glaube, ich habe die gleiche Zielperson wie Sie. Da bleibt's dann wohl nicht aus, daß man aufeinandertrifft. Sind Sie ein Kollege?»

«Na ja, nicht ganz.» Der Apfelstrudel und der Milchkaffee wurden serviert.

«Polizei?»

«Das trifft's auch nicht hundertprozentig. Ich ermittle – aber mehr oder weniger auf eigene Faust. Wer hat Sie engagiert?»

«Eckart Wollneck.»

«Der Vater von Christa Wollneck?»

«Der Bruder. Der Vater ist wohl der Meinung, das Mädchen habe alles selbst verschuldet.»

«*Es hat eines Tages so kommen müssen*», zitierte ihn Bienzle. «Ich hab's in den Akten gelesen.»

«Wohnen Sie hier?» fragte Annegret.

«Nein, in der Stadt.» Bienzle sah zu Vinzenz Wolf hinüber. «Was wissen Sie über ihn?» fragte er die Detektivin.

«Er war mit Christa Wollneck flüchtig bekannt. An dem Abend, als sie verschwand, ist er mit ihr gesehen worden. Von 1978 bis 84 war er eine bekannte Größe im Frankfurter Zuhältermilieu. Dann ist er ein Jahr verschwunden und anschließend in Stuttgart wieder aufgetaucht. Diesmal aber in der Musikbranche. Er hat eine Band gemanaget ...»

«*Die Ramblers* etwa?»

«Genau, so hieß die Gruppe.»

Bienzle fuhr sich mit den gespreizten Fingern durchs Haar, das vom Schweiß verklebt war. «Ich kenne einen Musiker, dessen Freundin auch verschleppt worden ist. Wolf hat sich vermutlich über diesen Musiker an sie herangemacht.»

Annegret steckte sich eine Zigarette an und blies den Rauch Richtung Decke. «Ich komme nicht weiter.»

«Die Spur führt ins *Red Rose*», sagte Bienzle übertrieben lässig und, wie er sich sogleich eingestand, um Eindruck auf die Frau zu machen. Sie sah ihn aufmerksam an.

«Was ist das?»

«Irgend so ein Sex- und Saunaclub im Zentrum. Übrigens hat man mir dort heute morgen ganz freimütig verraten, wo ich Vinzenz Wolf finden könnte.»

«Seltsam.»

«Ich hab ein bißchen zu viel Glück in diesem Fall», sagte Bienzle nachdenklich, «und jetzt treff ich auch noch Sie.»

«Sie haben ja zweifarbige Augen», sagte Annegret.

«Mhm, braun und grün.»

«Und freundlich», sagte sie lächelnd. «Haben Sie auch einen Namen?»

«Keinen sehr schönen. Ich heiß Ernst Bienzle.»

«Und ich Annegret Paul – klingt auch nicht grade wie Greta Garbo.»

«Dafür sehen Sie mindestens genauso gut aus.»

«Oh!»

Bienzle rief sich stumm zur Ordnung und schalt sich in Gedanken einen alten Dackel!

Annegret hakte sich bei ihm ein. «Gehen wir noch mal rein?» Sie deutete unmerklich zu Vinzenz Wolf und dem Mädchen hinüber. Die beiden machten sich gerade auf den Weg zur 70-Grad-Sauna. Bienzle und Annegret Paul folgten nach zwei Minuten. Jetzt, da sie miteinander geredet hatten, empfand Bienzle seine Nacktheit besonders peinlich, zumal er mit seiner ausladenden Figur neben dem sportlich gestählten Wolf gewaltig abfiel.

Zwei Speckringe liefen wie Reifen um seinen Rumpf. Die Brust war zu fett, zudem hatte er hängende Schultern und einen runden Rücken. Seufzend setzte er sich auf das Brett.

«Was hast du denn, Liebling?» fragte Annegret teilnahmsvoll.

Außer ihnen waren Vinzenz Wolf, sein Mädchen und eine ältere Frau in der Saunakammer.

«Kummer», sagte Bienzle.

«Den mußt du aber verdrängen, wenn du dich hier erholen willst.»

«Du kannscht schwätza!» sagte Bienzle ärgerlich und mit voller Absicht in schwäbisch. Prompt schaute Vinzenz Wolf auf. «Sieh da, ein Schwabe», sagte er.

«Was geht Sie das an?» fragte Bienzle patzig.

«Nichts, ich war halt 'ne Zeitlang in Stuttgart.»

«Wien ist schöner, gell», sagte Bienzle versöhnlich.

«Wie man's nimmt.» Vinzenz begann seiner Begleiterin den Rücken zu massieren. «Sind Sie geschäftlich hier?» fragte er.

«Nicht am Wochenende, sonscht scho!»

«Ja, ausspannen ist wichtig.»

«Was ich immer zu dir sage», ließ sich Annegret hören.

Es war eine aberwitzige Situation. Noch am Morgen war er in Stuttgart gewesen. Und noch auf dem Wiener Flughafen hatte er gedacht, daß sein Ausflug hierher nichts weiter sei als eine Schnapsidee. Und nun saß er hier in der Sauna und plauderte mit dem Mann, der dringend verdächtig war, an der Entführung der Mädchen beteiligt gewesen zu sein. Und neben sich hatte er eine makellos schöne Frau, die ihn mit Liebling ansprach und die er nicht ansehen durfte, weil ihm sonst womöglich eine allseits sichtbare Erektion bevorstand. Unwillkürlich seufzte er wieder.

«Sie müssen's schwer haben», sagte Wolf.

«Sie wisset gar net, wie recht Sie habet.»

«Und das bei so einer Frau.»

«Na ja, die kann natürlich nix dafür. Wenn ich die net hätt, wär i ja ganz verrate und verkauft.»

Wolf lachte. Bienzle wußte, daß er einen einfältigen Eindruck auf den Zuhälter machte. Und das war auch seine Absicht.

«Nehmen wir nachher einen Drink zusammen?» fragte Wolf.

«I weiß net», sagte Bienzle.

«Gern», sagte Annegret Paul und zeigte dem Zuhälter ihr bestrickendstes Lächeln. Bienzle ärgerte sich. Wäre er in Deutschland gewesen, hätte er sich jetzt angezogen und vor dem maurischen Portal des *Tropical Garden* auf Vinzenz Wolf gewartet, um ihn zu verhaften. Aber hier? Die österreichischen Kollegen waren nicht einmal über seinen Aufenthalt in Wien unterrichtet.

An der Bar wurde schnell klar, was Vinzenz Wolf wollte. Er vermutete in Bienzle offensichtlich einen reichen Geschäftsmann und einen potentiellen Kunden fürs *Red Rose*.

«Sie sollten sich das mal anschauen», sagte er, «in Stuttgart gibt's bestimmt nichts Vergleichbares.»

«I kenn mi da net aus», sagte Bienzle.

«Und was wird dann aus mir?» fragte Annegret.

«Bei uns sind Paare herzlich willkommen.»

Wolfs Begleiterin hatte die ganze Zeit kein Wort geredet. Jetzt sagte sie: «Mich hast du noch nie mitgenommen.»

«Bei dir ist das auch was anderes», antwortete er grob. Und das Mädchen ließ sich damit abspeisen.

Bienzle und Annegret Paul schwammen ins Freie hinaus. Die Luft war kalt und diesig, aber das Wasser war angenehm warm. Bienzle fühlte sich wohl und unwohl zugleich. Er mochte es nicht, wenn sich die Dinge auf unvorhersehbare Weise entwickelten. Aber er genoß die Gegenwart der Detektivin, wenngleich ihm auch das sofort wieder ein schlechtes Gewissen machte.

Als sie in den *Tropical Garden* zurückkehrten, waren Wolf und seine Freundin gegangen.

«Werden Sie sich das *Red Rose* anschauen?» fragte Frau Paul.

«Aber sicher.»

«Und nehmen Sie mich mit?»

«Ist das Ihr Ernst?» Bienzle hatte seinen Bademantel wieder angezogen und fühlte sich wieder sicherer.

«Aber natürlich. Schließlich habe ich einen Auftrag.»

«Wann genau ist Christa Wollneck verschwunden?»

«Das ist fünfeinhalb Wochen her.»

«Eine Woche vor Anita Gerling.»

«Warum fragen Sie?»

«Ich überlege, ob die Mädchen noch hier sind.»

Annegret sah ihn aufmerksam an. «Woher soll man das wissen.»

Bienzle glättete seine Augenbrauen mit den Fingerkuppen. «Die Frage ist, wie lange brauchen die, um ein Mädchen ... abzurichten?»

«Na, hören Sie mal!»

«Tut mir leid, mir fällt da kein anderes Wort ein.»

Die Stimmung war nun sehr düster geworden. Annegret Paul nahm ihr Buch wieder zur Hand. Bienzle verschränkte die Arme unter dem Kopf und schaute in die Palmzweige hinauf. Kurz darauf schlief er ein.

Er wachte erst wieder auf, als Annegret Paul ihn kräftig am Arm rüttelte. «Was ist denn?» fragte er noch halb im Schlaf.

«Dort drüben unser neuer Freund.»

Bienzle richtete sich auf die Ellbogen auf. Wolf war nun in Begleitung eines jungen, vielleicht 25jährigen Mannes, den man ohne Übertreibung als schön bezeichnen konnte. – Groß gewachsen, breite Schultern, schmale Hüften, ein ebenmäßiges Gesicht, braun gebrannt vom Scheitel bis zu den Zehen. Er hatte einen elastischen Gang, der an eine wilde Katze erinnerte.

«So einer ist eine Herausforderung zum Klassenhaß», knurrte Bienzle.

Annegret lachte leise. Sie hatte ein Bein angewinkelt. Gegen das Licht sah Bienzle den feinen, dunklen Flaum auf ihrer Haut. Die beiden Männer legten sich auf zwei Liegen links und rechts von einem Mädchen, das in einer Illustrierten las. Sie mochte achtzehn oder neunzehn Jahre alt sein, hatte einen wuscheligen blonden Lockenkopf und eine üppige Figur. Einen Augenblick lang sah sie auf und las dann weiter.

Der Schöne wandte ihr sein Gesicht zu und sagte etwas. Bereitwillig legte sie das aufgeschlagene Magazin auf ihren nackten Bauch. Ein paar Minuten später gingen die drei in die Sauna. Bienzle sah Annegret Paul an. Sie biß sich auf die Unterlippe und hatte die Hände so ineinander verschränkt, daß die Fingerknöchel weiß hervortraten.

Bienzle stand auf. «Behalten Sie die beiden im Auge. Ich

werde mal Kontakt zu der Polizei aufnehmen. Das hätte ich gleich tun sollen.»

Annegret nickte. «Und wo erreiche ich Sie?»

Er gab ihr die Nummer seiner Pension. «Ansonsten bin ich um neun Uhr am *Red Rose.*»

«Gut!»

Er nickte ihr zu und ging zu den Ankleidekabinen. Als er den kurzen Weg zur Straßenbahnhaltestelle zurücklegte, war er froh, die kühle Winterluft einatmen zu können, auch wenn sie nach Abgasen und Industrieluft roch.

Der Kommissar vom Dienst war ein gemütlicher älterer Herr mit einem grauen, kurz geschnittenen Vollbart und schwarzen Knopfaugen. Was er für den Kollegen tun könne, fragte er. Bienzle erzählte, warum er in Wien war, «ohne eigentliches Ziel, nur mal so rumschauen, manchmal hat man ja Glück.» Kommissar Skrobek nickte verstehend. «Und? Haben Sie Glück gehabt?»

«Ja. Ich habe den Mann gefunden, den ich suchte. Und womöglich habe ich ihn sogar dabei beobachtet, wie er eines seiner Opfer anmachte.»

Skrobek schob einen hoch aufgestapelten Aktenberg von einer Schreibtischseite auf die andere. «Hinweise hat's immer mal wieder gegeben, aber Beweise nie.»

«Ich dachte, wenn Sie die Observation ...»

«Aber wo denken Sie hin! Wir sind chronisch unterbesetzt. Da greift die Polizei immer erst ein, wenn eine Tat begangen worden ist, das müßten Sie doch kennen, werter Kollege.»

«Bei uns ist es nicht ganz so schlimm», sagte Bienzle, bemüht, seinen aufkeimenden Ärger nicht zu zeigen.

«Wien ist eben eine Großstadt, außerdem eine internationale Konferenzstadt und – notabene – das Tor zum Balkan!»

Skrobek hob die Arme, die Hände flach nach oben – eine große Geste der Machtlosigkeit.

«Das heißt, Sie wollen mir nicht helfen?»

«Ich kann nicht, Herr Kollege, zumal ja auch kein Ersuchen auf Amtshilfe von seiten Ihrer Dienststelle vorliegt.»

«Aber wir haben schon seit Wochen eine Anfrage laufen.»

«Das kann schon sein, aber was meinen S', wieviel Anfragen jeden Tag bei uns reinkommen.»

«So ist das also!»

«Ja, so ist das. Es gibt ja auch in der Polizeiarbeit internationale Gepflogenheiten, nicht wahr.»

«Ich hab schon verstanden.»

«Na, wunderbar!» Skrobek erhob sich und reichte Bienzle über den Schreibtisch hinweg seine Hand.

Es war kurz nach vier Uhr, als Bienzle das Präsidium verließ. Er schlenderte ziellos durch die Gassen. Die Stadt war jetzt nicht mehr sehr belebt. Ohne es eigentlich geplant zu haben, fand sich Bienzle plötzlich wieder vor dem *Red Rose*. Der Himmel war grau. An den Mauern der Häuser war der schmutzige Stadtschnee zu kümmerlichen Häufchen zusammengekehrt worden. Bienzle stand auf der anderen Straßenseite dem *Red Rose* gegenüber. Das schmale, zweigeschossige Haus wies mit dem Giebel zur Straße. Die Tür und die Fenstereinfassungen leuchteten in dunklem Grün. Die Fensterscheiben waren mit Goldfolie abgeklebt, auf denen in einer schwungvollen, silberfarbenen Schrift stand: *Club Red Rose – von vier bis vier.* Unter die Worte war eine querliegende Rose gemalt, als ob der Text damit unterstrichen werden sollte. Ein untersetzter Mann, etwa Mitte Fünfzig, kam aus dem Haus. Er sah sich hastig um, zog rasch die schwere grüne Tür hinter sich zu, schlug den Kragen seines Kamelhaarmantels hoch und eilte die Gasse hinunter.

Bienzle hatte in den letzten Jahren gelegentlich mit diesen Clubs zu tun gehabt. Und immer war ihm aufgefallen, daß fast alle Männer hineingingen und herauskamen wie Hühnerdiebe, die sich bei ihren kleinen Verbrechen nicht erwischen lassen wollten.

Ganz anders die Frauen, die dort arbeiteten. Sie gingen so selbstbewußt und stolz auf die Häuser zu, drehten ihre hübschen Köpfe so herausfordernd nach links und nach rechts, als ob sie sagen wollten: Seht her, wir sind's. Wir stehen zu dem, was wir tun.

Bienzle fror. Bis neun Uhr waren fast noch fünf Stunden, und er wußte im Augenblick nichts mit dieser Zeit anzufangen.

Langsam ging er in seine Pension zurück. Er legte sich aufs Bett und begann, ein Buch zu lesen, das er sich für alle Fälle eingepackt hatte. Aber er hatte noch keine drei Seiten gelesen, da klopfte es an seine Tür, und die Wirtin rief: «Telefon für Sie!» Auf Strümpfen tappte er hinaus. Annegret Paul war am Apparat. Sie gab einen kurzen Bericht:

«Die beiden Schönlinge sind bei dem Mädchen nicht gelandet. Sie hatten sie grade zu einem Drink eingeladen, da kam ihre Mutter – dick, streng und äußerst abweisend gegen die zwei Herzensbrecher.»

«Schön. Und sonst?» fragte Bienzle.

«Ich langweile mich», sagte sie.

Bienzle lachte.

«Ja, lachen Sie nur. Ich bin nun schon fast drei Wochen hier – und immer allein.»

«Na, na.»

«Doch, ehrlich!»

«Dann sollte man etwas dagegen tun. Ich hol Sie ab, wo sind Sie denn?»

«Im *Hotel Majesty*, Zimmer 412.» Sie legte auf.

Bienzle zog seine Schuhe an und ließ sich von der Wirtin ein Taxi rufen. Als er die Schnürsenkel zuband, schimpfte er sich schon wieder einmal einen «alten Dackel».

Annegret Paul trug einen schwarzen Kimono. Sie hatte Kaffee und Gebäck kommen lassen. Das Zimmer war geräumig und komfortabel. Sie goß Kaffee ein. «Milch und Zucker?»

«Schwarz und bitter.» Bienzle war befangen. Wahrheitsgemäß sagte er: «Sie machen mich verlegen.»

«Verlegen?»

«Ja, irgendwie wirkt alles, was Sie machen, so perfekt.»

«Also auf *die* Idee wäre ich nie gekommen.»

Bienzle nippte an seinem Kaffee. «Haben Sie eine Vorstellung, was wir gegen Ihre Langeweile tun können?»

«Nun, ich dachte, wir könnten Sie für den abendlichen Einsatz sozusagen immunisieren.»

Sie schlug die Beine übereinander.

«Ich verstehe nicht.»

«Ich werde versuchen, Sie zu verführen, damit die Damen im *Red Rose* weniger Chancen haben, Sie von Ihrer Arbeit abzulenken.»

Bienzle wurde rot. «Vielleicht bin ich ja schon immun», sagte er mit etwas heiserer Stimme.

Annegret Paul stand auf und öffnete den Kimono. Darunter trug sie einen schwarzen BH, einen schwarzen Strumpfgürtel, Strapse und schwarze Strümpfe.

Bienzle bekam einen trockenen Hals.

Annegret lachte. «Nachdem Sie mich nackt schon gesehen haben, dachte ich, ich sollte mir etwas einfallen lassen.»

«Die Überraschung ist geglückt», sagte er.

Sie kam zu ihm herüber, weil er noch immer steif in seinem Sessel saß, setzte sich auf seine Knie und küßte ihn. Ihre Zunge suchte flink einen Weg zwischen seinen Lippen und seinen Zähnen. Er hob langsam beide Hände und öffnete den Verschluß am BH. Als sie ihm ein wenig Luft ließ, sagte er: «Ich hab genau gesehen, daß du so ein Ding nicht brauchst.»

Als er wieder halbwegs zu sich kam, lagen sie nebeneinander auf dem Bett, erschöpft und schweißüberströmt. Annegrets Hand lag schlaff auf seiner Brust, ihre Finger spielten in langsamen Bewegungen mit den dichten Haaren.

«Und jetzt?» fragte sie ein bißchen atemlos.

«Was meinst du?»

«Bereust du's?»

«Wie kommst du denn darauf?»

«Du bist sicher verheiratet!»

«Gewesen, aber ich lebe auch jetzt wieder in einer festen Beziehung.»

«Schade. – Such mal in meinem Alter einen brauchbaren Mann.»

«Ich wär sowieso zu alt für dich. Noch ein paar Jährchen, und ich bin 50.»

«Ich bin auch schon 33.»

Er drehte sich auf die Seite und sah ihr ins Gesicht. «Dafür hast du dich blendend gehalten.»

Sie ging nicht darauf ein. «Ich behaupte zwar immer, daß es

mir nichts ausmacht, alleine zu sein, aber in solchen Augenblikken weiß ich, daß es nicht stimmt.»

«Solche Augenblicke sind selten», sagte Bienzle.

«Ich fand's schön.» Sie seufzte lange und anhaltend. «Wenn bloß diese blöden Ermittlungen nicht wären.»

«Wir können den Termin auch sausenlassen.»

«Ausgeschlossen, wo ich zum erstenmal so etwas wie eine Spur habe.»

«Wir! – Wir beide haben diese Spur!»

«Ja, gut, wir. Der Wollneck zahlt dieses sündhaft teure Hotel, die Spesen und meinen Tagessatz.» Sie war fast ein wenig aufgebracht.

«Deine Berufsmoral ehrt dich», sagte Bienzle lächelnd.

«Wenn man frei arbeitet, ist man zur absoluten Disziplin gezwungen, sonst kann man's gleich bleibenlassen.»

Bienzle sah auf die Uhr. «Kurz vor sieben. Wir sollten etwas essen. Ich hab einen Bärenhunger.»

«Wundert dich das?»

Sie aßen in einem kleinen Restaurant. Annegret trug ein schlichtes schwarzes Seidenkleid. Sie sah bezaubernd aus. Ihre Augen blitzten vor Fröhlichkeit, und sie fraß wie ein Scheunendrescher. Bienzle, der doch selber ein leidenschaftlicher Esser war, kam aus dem Staunen nicht heraus. Nach einer Frittatensuppe nahm sie Melone mit Parmaschinken, danach dreierlei Filets auf Blattspinat mit Prinzeßkartöffelchen, schließlich einen gegrillten Seewolf und hinterher eine Crêpe Suzette, und am Ende bediente sie sich ausgiebig am Käsebrett. Dazu trank sie drei Viertel Wein, zuerst einen Côtes du Rhône und nachher zwei Viertel Vernatsch.

Bienzle kam sich wie ein Suppenkaspar vor.

«Große Ereignisse werfen ihre Schatten voraus», sagte Annegret und strich sich mit einer anmutigen Bewegung eine Locke aus der Stirn. «Ich hab immer Vorahnungen, und dann muß ich mich eben stärken.»

«Und was sagen die Vorahnungen?»

«Es wird noch dramatisch werden, heute, aber du wirst gewinnen.»

«Wir!»

«Ich vielleicht auch, ja.»

Es war schon fast zehn Uhr, als Bienzle den Türklopfer am *Red Rose* betätigte. Er stellte fest, daß er schweißnasse Hände hatte. Annegret Paul wirkte ruhig und gelassen. Das kleine Fensterchen im oberen Drittel der grünen Tür öffnete sich. Das Gesicht des Schönlings, den sie mit Vinzenz Wolf im *El Dorado* gesehen hatten, erschien in der quadratischen Sichtluke.

«Guten Abend!»

«Wir kommen auf die Empfehlung eines Bekannten.»

«Ah ja!» Das klang, als ob er alles wüßte. Er öffnete die Tür. Bienzle entrichtete den Pauschaleintritt für beide: 1400 Schilling. Er zahlte mit einem Eurocheque. Daß die freundliche Dame hinter dem Chippendale-Tischchen seinen Namen von der Scheckkarte ablas und notierte, entging ihm.

Schon wieder waren sie unter Palmen, die hier im künstlichen Licht freilich noch unwirklicher erschienen als im *El Dorado*. Die Räume waren einem maurischen Schlößchen nachempfunden – überall Rundbogen, schmiedeeiserne Gitter, bunte Keramikplatten. Der erste Raum war eine große Bar mit vielen lauschigen Sitzecken in rotem Leder, die so geschickt angelegt waren, daß man nicht von der einen in die andere schauen konnte. Leise Musik erklang. Junge Frauen in allen Hautfarben stöckelten auf hohen Absätzen durch den Raum und servierten Drinks. Außer ihren hochhackigen Schuhen hatten sie nur Tangaslips an.

Außer Bienzle war kein Mann mit einer Partnerin gekommen, wie es schien. Er faßte Annegret bei der Hand und schlenderte durch einen der Rundbogen in den nächsten Raum: ein kleiner Swimming-pool, umrandet mit teuren Kacheln, auf denen flache Polster lagen. In den Ecken hingen Korbsessel an langen Ketten von der Decke. Die meisten Gäste trugen Bademäntel oder nichts. Auch die Damen des Hauses waren hier unbekleidet. Eine von ihnen führte Bienzle und Annegret zu einer geräumigen Umkleidekabine, wo Bademäntel und Handtücher bereitlagen. Als sie sich aus- bzw. umgezogen hatten, gingen sie in einen weiteren Raum, in dem auf einer Leinwand Porno-Videos liefen. Kein Mensch hielt sich hier auf. Es folgte eine kreisrunde kleine Halle mit einer Kuppelattrappe. Von hier aus gingen sieben numerierte Türen in die Séparées. Ein schmaler Gang führte nach hinten in den «Lese- und Relaxingraum», wie ein verschnörkeltes Richtungsschild verkündete.

Die Frau, die sie zu der Umkleidekabine gebracht hatte, kam ihnen nach. «Kann ich irgend etwas für Sie tun?»

«Was wäre das zum Beispiel?» fragte Bienzle.

«Nun, manche unserer Gäste sind gerne zu dritt, wenn sie sich entspannen.»

«Aha – ich nicht. Aber vielleicht können Sie doch etwas für mich tun. Kommen Sie!»

Bienzle ging zurück zu der Umkleidekabine. Die Frau folgte ihm. Annegret kam ein wenig zögernd nach.

«Nun?» Die Frau schmiegte sich an Bienzle und legte ihre flachen Hände gegen seine Brust. «Ich heiße übrigens Dorit.»

«Schön.» Bienzle nahm ihre Hände von seiner Brust und holte das Foto von Anita Gerling aus der Brusttasche seiner Jacke. «Kennen Sie das Mädchen?»

Ihre Augenlider flatterten nur einen Moment.

«Nein, nicht daß ich wüßte. Warum fragst du?»

«Kannst du dir das nicht denken?»

Sie sah ihn mißtrauisch an. «Nein, keine Ahnung!»

Bienzle steckte das Bild in die Tasche zurück. «Na dann», sagte er zu Annegret, «sehen wir uns noch ein bißchen um.»

«Viel mehr gibt es nicht zu sehen», sagte Dorit.

«Was ist denn mit den Räumen im ersten Stock?»

«Die sind privat.»

«Vinzenz hat gesagt, ich könnte ihn hier treffen?»

Jetzt sah ihn Dorit aufmerksam an. «Du kennst Vinzenz?»

«Würd ich sonst nach ihm fragen?»

Sie überlegte einen Augenblick. «Ich könnte mal nachfragen, ob er da ist.»

«Das wär ganz nett.» Bienzle zog den Gürtel seines Bademantels enger um die Hüften. Dorit ging hinaus. Er folgte ihr sofort. Dorit durchschritt rasch das kleine Hallenbad und ging zum Eingangsraum. Bienzle blieb an der Tür stehen. Dorit tuschelte mit der Empfangsdame, die zwischendurch einen kurzen Blick zur Decke warf, dorthin, wo sich die Palmenblätter zu einer Art Baldachin ausbreiteten. Bienzle folgte dem Blick und ging dabei ein paar Schritte in den Raum hinein. Zwischen den Blättern entdeckte er die Linse einer TV-Kamera.

Die Empfangsdame hob den Telefonhörer ab und wählte zwei Nummern. Bienzle hörte, wie sie sagte: «Da ist ein Herr, der Sie sprechen möchte. Er hat das Bild von einem Mädchen herumgezeigt ... Gut, ich werd's ihm sagen.»

Annegret war dicht neben Bienzle getreten. Die Dame am Empfang legte auf. «Er wird Ihnen in ungefähr einer halben Stunde zur Verfügung stehen. Amüsieren Sie sich gut so lange.» Sie sprach sachlich und kühl und ihre Augen musterten ihn dabei aufmerksam.

Bienzle nahm Annegret beim Arm. «Los», sagte er leise, «jetzt aber nichts wie weg hier.»

«Aber warum?» fragte Annegret Paul, als sie das Schwimmbad durchschritten. Sie mußten über ein Paar steigen. Die Frau, eine Angestellte des Hauses, hatte gerade damit begonnen, den Mann mit Massageöl zu betupfen, nun massierte sie ihn mit sanften Fingern, wobei sie sich ganz auf die Region zwischen Bauchnabel und Knie konzentrierte. Einige der Besucher waren herangeschwommen und sahen, die Arme auf dem Beckenrand, aufmerksam zu.

In der Kabine zogen sich Bienzle und Annegret Paul rasch an. Fünf Minuten später standen sie bereits wieder beim Empfang.

«Sie wollen gehen?» fragte die Dame hinter dem Chippendale-Tischchen überrascht.

«Ja», sagte Bienzle.

«Und Ihr Date mit Herrn Wolf?»

«Wissen Sie eigentlich, daß Vinzenz Wolf polizeilich gesucht wird?»

«Bitte?»

«Ja, sicher. Und so jemanden trifft man besser auf neutralem Boden.» Bienzle hakte Annegret unter und brachte sie zur Tür. Er sah gerade noch, wie die Empfangsdame nach dem Telefon griff.

Draußen pfiff ein eisiger Wind.

«Kannst du mir erklären ...» begann Annegret.

«Ja, sicher», fuhr Bienzle ungeduldig dazwischen, «wir sind unbewaffnet, ohne offiziellen Auftrag und zudem im Ausland. Ich möchte diesen Typen nicht ausgeliefert sein, und für dich wäre das womöglich noch schlimmer als für mich. Und jetzt brauchen wir ein Taxi.»

«Gleich um die Ecke ist ein Stand!»

Sie rannten hin und warfen sich von beiden Seiten in den Fond des ersten Wagens.

«Wohin soll's gehen?» fragte der Fahrer.

«Fahren Sie erst mal um die Ecke. Wir müssen womöglich einen Wagen verfolgen.»

«Ja, da legst di nieder», der Fahrer schaltete die Uhr ein. «Seit zwanzig Jahren fahr ich, aber so was habe ich bis jetzt bloß im Kino gsehn.»

Er dirigierte sein Fahrzeug in die Gasse und hielt auf Bienzles Anweisung etwa fünfzig Meter vom *Red Rose* entfernt. Lange mußten sie nicht warten.

Wolf kam, begleitet von zwei anderen Männern, aus dem Haus. Sie gingen hastig zu einem Ford Mustang, der am Ende der Gasse parkte. Wolf selbst setzte sich ans Steuer. Er startete mit rauchenden Reifen.

«Also gehmers an!» sagte der Taxifahrer fröhlich.

Der Ford Mustang fuhr über die Linke Wienzeile Richtung Mariahilf und Schönbrunn. Der Taxifahrer verhielt sich äußerst geschickt. «Waren Sie mal bei der Polizei?» fragte Bienzle.

«Nein, warum?»

«Weil Sie das ganz perfekt machen.»

«Danke!»

Sie kamen in den Außenbezirk. Der Ford bog in eine Villenstraße ab. Der Taxichauffeur folgte, schaltete aber sein Licht aus.

«Ist das nicht zu riskant?» fragte Annegret.

«Net für mich!»

Wieder bog der amerikanische Wagen ab, fuhr in eine schmale Gasse und nach zirka zweihundert Metern in ein Grundstück hinein.

Der Taxifahrer hielt an. «Soll ich warten?»

«Ja, bitte!» Bienzle stieß die Tür auf und stieg aus. Annegret bat er, sitzen zu bleiben. Vorsichtig näherte sich Bienzle der Toreinfahrt. Der verharschte Schnee knirschte unter seinen Schuhen. Alte Bäume reckten ihre kahlen Kronen in den nächtlichen Himmel. Bienzle befand sich in einem weitläufigen alten Park. Ein breiter Weg führte in einer sanften Steigung direkt auf eine breite Treppe zu. Dort oben stand der Ford Mustang, daneben eine schwere Mercedeslimousine und ein Bentley. Im Hochparterre brannte hinter zwei Fenstern Licht. Im ersten Stock waren alle Läden geschlossen. Bienzle ging näher heran, verließ aber den Weg und schlich sich von Baum zu Baum.

Plötzlich stieß sein Fuß gegen einen dünnen Draht. Im gleichen Augenblick wurde der Park in gleißendes Licht getaucht. Bienzle hörte gedämpftes Hundegebell. Er stand dicht gegen einen Baum gepreßt und sah lauernd zum Haus hinüber. Dicht unter der Dachrinne sah er Kameras, die sich langsam hin und her bewegten. Eine Tür wurde aufgerissen. Jetzt war das Bellen plötzlich sehr laut. Zwei Schäferhunde sprangen mit großen Sätzen die Treppe herunter.

Sie kamen hechelnd und kläffend auf Bienzle zu. Unter der Tür erschienen zwei Männer. Sie hatten Maschinenpistolen in den Händen.

Die Hunde erreichten Bienzle, bauten sich vor ihm auf und verbellten ihn. Der Kommissar wagte nicht, sich zu rühren. Die Männer mit den Maschinenpistolen kamen den Weg herunter. Bienzle sagte zu den Hunden: «So isch's no au wieder. Wär i doch bloß in Stuttgart bliebe!»

Das Bellen ging in ein bedrohliches Knurren über.

«Blöde Viecher», knurrte Bienzle zurück.

Die Männer erreichten ihn. Er hörte, wie sie ihre Waffen entsicherten.

«Wer sind Sie?» fragte einer der beiden, ein hochgeschossener, schwarzgelockter Kerl, der ein kaltes Zigarillo zwischen den Zähnen hin und her rollte.

Bienzle sagte: «Bringen Sie mich zu Ihrem Chef, dem sag ich's.»

«Dann mal los!» befahl der andere und stieß Bienzle den Lauf der Maschinenpistole in die Seite.

Die Hunde blieben neben ihm, während ihm die Männer dichtauf folgten. Im hellen Licht der Scheinwerfer waren die Drähte, die kreuz und quer etwa fünfzehn Zentimeter hoch durch den Park gespannt waren, gut zu erkennen. Bienzle stieg behutsam darüber.

Im Haus war es angenehm warm. Und in dem Raum, in den Bienzle hineingestoßen wurde, brannte sogar ein Feuer im Kamin. Am Kopfende eines langen massiven Tisches aus Eiche saß ein Mann um die Sechzig mit akkurat gescheitelten grauen Haaren und einem gutgeschnittenem Gesicht. Ein voller Schnurrbart zierte seine Oberlippe, die Nase war stark gebogen und gab dem Gesicht etwas von einem Raubvogel.

Neben diesem Mann saß Vinzenz Wolf.

«Nehmen Sie Platz, Herr Bienzle», sagte der Mann mit dem Schnurrbart. «Was führt Sie hierher?»

Bienzle setzte sich in einen der massiven Holzstühle. Offensichtlich befand er sich im Jägerzimmer des Palais. Die Wände waren mit allerlei Jagdtrophäen geschmückt.

«Wer sind Sie?» fragte Bienzle.

«Vielleicht genügt es ja, daß wir wissen, wer Sie sind!»

«Und? Wissen Sie's?»

«Kriminalhauptkommissar Ernst Bienzle vom Landeskriminalamt Stuttgart. Ohne Auftrag auf Recherchen in Wien.»

«Stimmt.»

«Sie sind uns nicht besonders willkommen, Bienzle!» Der Mann begleitete jeden seiner Sätze mit einem ironischen Lächeln.

«Er war nicht allein im Club!» sagte Vinzenz Wolf. Der Mann mit dem Schnurrbart fuhr herum. «Und das sagst du erst jetzt?»

«Eine Frau war dabei.» Wolf wirkte kleinlaut.

«Wie sind Sie hier herausgekommen?»

«Ich bin ihm nachgefahren», Bienzle deutete mit dem Kopf zu Wolf hinüber.

«Sie selbst?»

«Ja, ich verfüge über einen Mietwagen, solange ich hier bin», log Bienzle. Er wußte genau, er mußte Zeit gewinnen, seine einzige Chance lag darin, daß der Taxifahrer und Annegret Hilfe holten.

«Und wo steht der Wagen?»

«Ein paar Straßen weiter», Bienzle deutete in irgendeine Richtung.

«Marke?»

«Toyota!»

«Marcel soll ihn suchen. Wo sind die Schlüssel?» Damit hätte Bienzle rechnen müssen. Er kramte in seinen Taschen, während Wolf hinausging, um nach besagtem Marcel zu rufen. Bienzle zog seine VW-Schlüssel aus der Tasche.

«Ich bin nicht einverstanden», sagte er, während er die Wagenschlüssel im angehängten Ledertäschchen verstaute.

Der Mann mit dem Schnurrbart lächelte. «Sie haben keine Wahl. Geben Sie ihm die Schlüssel.» Er nickte dem langen Schwarzgelockten zu, der mit Wolf hereingekommen war. «Farbe des Wagens?»

«Schwarz», sagte Bienzle, «schwarzer Toyota Tercel.» Er warf das Schlüsseltäschchen so ungeschickt, daß Marcel Mühe hatte, es aufzufangen.

«Bring den Wagen her, dann hat er's nachher leichter wegzukommen», sagte der Mann mit dem Schnurrbart. Marcel ging wieder hinaus. Wolf setzte sich an seinen alten Platz.

«Nun also», sagte der mit dem Schnurrbart, «Sie spionieren uns nach.»

«Ich weiß nicht, ob ich *Ihnen* nachspüre – noch nicht.»

«Warum überlassen Sie die Arbeit nicht Ihren österreichischen Kollegen?»

«Gute Frage», Bienzle lächelte.

«Und die Antwort?»

«Nun, manchmal ist es eben so, wenn man nicht alles selber macht ... Sie kennen das sicher.»

Bienzle mußte Zeit gewinnen.

Als ob er die Gedanken des Kommissars geahnt hätte, sagte der Schnurrbärtige zu Wolf: «Er muß auf dem schnellsten Weg verschwinden. Und wir haben auch noch ein paar Vorkehrungen zu treffen.»

«Sind die Frauen hier untergebracht?» fragte Bienzle.

Die Augen des Mannes am Kopfende des Tisches verengten

sich. «Je mehr Sie wissen, um so gefährdeter sind Sie, Kommissar.»

«Sie aber auch!»

Bienzle wandte sich unvermittelt an Vinzenz Wolf. «Ich hab Ihnen übrigens Grüße zu bestellen.»

Wolf reagierte überrascht. «Ich wüßte nicht ...»

«Von Conradt Cornelius.» Dabei schaute Bienzle schon wieder den Mann mit dem Schnurrbart an. Keine Frage – der kannte den Pianisten.

«Ich nehme an, Sie haben ihn reingelegt», sagte Bienzle nun wieder zu Wolf. «Mit einem der einfachsten Tricks.»

Wolf hatte sich wieder in der Gewalt. Er hob die Schultern und sah an Bienzle vorbei.

«Cornelius ist wieder frei», sagte Bienzle, «er tritt sogar schon wieder auf.»

«Schön für ihn», sagte Wolf.

«Welche Mittel haben Sie den Mädchen eigentlich ins Glas geschüttet?»

Der Mann mit dem Schnurrbart lachte. «Wir sind nicht im Kino, Bienzle, da fühlen sich die Leute meistens geradezu gezwungen, ihrem Opfer noch alles zu gestehen, bevor sie es liquidieren. Bei uns ist das ganz anders.»

Ernst Bienzle wurde plötzlich von einer Art Schüttelfrost gepackt. Er wollte etwas sagen, brachte es aber nicht heraus. Die Beiläufigkeit, mit der der Schnauzbärtige gesprochen hatte, wirkte besonders erbarmungslos.

«Selbst wenn Ihre Freundin weiß, daß Sie hier sind, wird ihr niemand glauben.» Er stand auf. «Bring ihn in den Keller», sagte er zu Vinzenz Wolf. Im gleichen Augenblick hatte er einen schweren Revolver in der Hand. «Und Ihnen rate ich», sagte er zu Bienzle, «keine Fisimatenten zu machen.»

Bienzle konnte sich nicht erklären, warum gerade jetzt seine Gedanken Bocksprünge vollführten. Vielleicht war das eine Art Schutz gegen die Angst, die ihn zunehmend mehr erfaßte. ‹Fisimatenten›, dachte er, noch immer streiten sich die Gelehrten, woher das kommt. Auf jeden Fall aber aus dem Französischen. Die einen glaubten, es sei ursprünglich die wohlfeile Ausrede napoleonischer Soldaten gewesen, wenn sie Freigang haben wollten: *Je visite ma tante* – ich besuche meine Tante. Die anderen glaubten, die Soldaten hätten seinerzeit die Mädchen aufgefordert: *Visite ma tente* – besuche mein Zelt. Wie auch immer, er selbst besuchte wohl jetzt den Keller des Wiener Vorstadt-Palais.

Auf dem Weg nach unten sagte Bienzle zu Wolf. «Haben Sie Tom Teuber gekannt?»

Wolf antwortete nicht.

«Er ist brutal erschlagen worden. An seinem Klavier – spielen Sie auch?»

«Für einen deutschen Kommissar haben Sie einen bemerkenswerten Humor», sagte der Mann mit dem Schnurrbart, der den beiden folgte.

«Galgenhumor», sagte Bienzle, «ich fürchte, Skrobek wird nicht rechtzeitig da sein.»

«Skrobek?» Der Mann mit dem Schnurrbart lachte laut auf, und Wolf fiel mit einem leisen Kichern ein. «Skrobek bestimmt nicht!»

«Das heißt, er steht auf Ihrer Gehaltsliste.» Bienzle blieb stehen.

«Wie gesagt, ich rede nie über meine Angelegenheiten, auch wenn der Zeuge nie mehr etwas weitererzählen kann. Gehen Sie weiter, bitte!»

Bienzle wollte gerade den nächsten Schritt tun, als Blaulicht über die Butzenscheiben huschte und ein lautes Signalhorn aufkreischte. Die Polizeiautos waren ohne Signal bis vors Haus gefahren, jetzt lärmten und blinkten sie, was das Zeug hielt.

Bienzle wurde zur Seite gestoßen. Der Schnauzbärtige hastete an ihnen vorbei. Wolf folgte. Die beiden verschwanden im Untergeschoß. Plötzlich stand der Kommissar mutterseelenallein im Treppenhaus. Als erstes registrierte er, daß seine Kleider völlig durchgeschwitzt waren, kalt und naß klebten sie auf seiner Haut.

«Hier spricht die Polizei», hörte er eine Megaphonstimme.

Warum stürmten die den Laden nicht, ohne zuvor die Bewohner zu warnen. War das alpenländische Polizeitaktik? Bienzle rannte die Treppe hinauf, hastete durch den Korridor und riß die Haustür auf. Die Scheinwerfer blendeten ihn. Er hörte eine Wagentür zuschlagen und eine herrische Stimme brüllen. «Sind Sie wahnsinnig geworden, Skrobek?»

Bienzle hob die Hände vor die Augen. Die Signalhörner verstummten. Die Stille brach förmlich herein. Bienzle sagte: «Sie sind im letzten Moment gekommen, aber die Burschen sind durch den Keller abgehauen.»

Das Haus füllte sich mit Polizei. Ein junger Mann im eleganten grauen Lodenmantel stellte sich Bienzle als Pospischil vor. Er war es, der Skrobek angebrüllt hatte. Skrobek stand mürrisch daneben.

«Möglich, daß Sie hier Anhaltspunkte für die Entführungsfälle finden», sagte Bienzle.

Plötzlich war Annegret Paul neben ihm. «Wie siehst du denn aus, hast du ein Gspenst gesehen?»

«So was Ähnliches, ja.»

Auch der Taxifahrer erschien. Stolz sagte er: «Ich hab das alles organisiert», er machte eine ausholende, alles umfassende Geste mit dem Arm, «per Funk. Hat prima geklappt. Maximal!» Er strahlte über das ganze Gesicht.

Bienzle sagte automatisch: «Was macht das?» und langte nach seinem Geldbeutel in der hinteren rechten Hosentasche.

«Wir erledigen das», sagte Kriminalrat Pospischil.

Aus den oberen Stockwerken kamen überraschte Rufe.

Bienzle, Pospischil und Annegret Paul eilten die Treppe hinauf.

Es war ein schreckliches Bild. In vergitterten Einzelzimmern, die zudem noch mit Läden verschlossen waren, lagen apathisch und mit den Füßen ans Bett gefesselt sieben junge Frauen. Sie waren in einem erbarmungswürdigen Zustand. Bienzle zwang sich, in jedes der Zimmer zu gehen. Er entdeckte drei Gesichter, die er von den Fotos her kannte, eins davon gehörte Christa Wollneck. Von Anita Gerling freilich keine Spur. Niedergeschlagen ging Bienzle auf den Gang hinaus. Annegret Paul lehnte an der Wand. Sie weinte. Bienzle trat dicht an sie heran. «Gratuliere», sagte er, «du hast deinen Schützling gefunden.» Dann ging er zu Pospischil. «Das *Red Rose* ...» –

«Wird im Augenblick umstellt und vom Dach bis zum Keller durchsucht. Kommen Sie. Was hier noch getan werden muß, können wir erst einmal den Ärzten überlassen.»

Annegret ging zögernd in das Zimmer von Christa Wollneck hinein. Bienzle folgte dem Kriminalrat die Treppe hinunter.

«Rauchen Sie?» fragte Pospischil.

«Nicht mehr.»

«Ich frage mich», Pospischil zündete sich umständlich eine Zigarette an, «ich frage mich, warum erst Sie aus Stuttgart anreisen müssen ...»

Bienzle unterbrach ihn. «Als ich dem Mann, der hier offensichtlich der Chef ist, damit drohte, Skrobek werde kommen, hat er mich nur ausgelacht. Und wenn ich ehrlich bin, die Art, wie mich der Kollege Skrobek behandelt hat, deutete nicht unbedingt auf ein starkes Ermittlungsinteresse hin.»

«Tja, bei Skrobek ressortiert der Fall.»

«Tja», sagte nun auch Bienzle.

Pospischil paffte nervös seine Zigarettenwölkchen in die Luft. Sie standen jetzt vor der Haustür. Nacheinander kehrten die Trupps zurück, die die Gegend nach den Flüchtigen abgesucht hatten. Krankenwagen fuhren vor. Bienzle und Pospischil gingen einen kleinen Gartenweg dicht am Haus entlang, um den Helfern nicht im Weg zu sein.

«Was Sie da andeuten, ist ungeheuerlich», sagte Pospischil.

«Ich deute nichts an. Ich hab Ihnen nur meine Eindrücke geschildert, Herr Kriminalrat.»

Pospischil trat die halbgerauchte Zigarette im Schnee aus. «Ich möchte mal ganz vorsichtig formulieren», sagte er, «das würde manches erklären.» Er steckte sich die nächste Zigarette an.

«Kommen Sie, wir fahren ins Präsidium.»

Bienzle zögerte einen Augenblick. Sollte er Annegret Bescheid geben? Er bat einen Beamten, Frau Paul zu sagen, er habe wegfahren müssen. Sie wisse ja, wo sie ihn erreichen könne. Auf der Fahrt redete Pospischil ununterbrochen. Ein Jahr bald sei man nun schon hinter der Sache her. Drei Razzien im *Red Rose* hätten nichts gebracht. Observationen rund um die Uhr, der Einsatz von Spitzeln – nichts. Es sei absolut unerklärlich, wie ausgerechnet an diesem Samstag einem deutschen Kollegen sozusagen mit links gelinge, woran sie Monat für Monat gescheitert seien.

Bienzle sagte: «Schade, daß es keine Statistik darüber gibt, wie viele Fälle durch den Kommissar Zufall oder durch Dummenglück was wahrscheinlich ein- und dasselbe ist – gelöst werden. Scheinbar war ich ausgerechnet im richtigen Augenblick da.»

«Trotzdem!» sagte Pospischil verbittert.

«Ich will Ihne mal was sage», meinte nun Bienzle, ins gewohnte Schwäbisch verfallend, «i hab überhaupt nix dagege, wenn Sie des ganz alloi als ihrn Erfolg darstellet. Stimmt ja au, wenn Sie zehn Minute schpäter komme wäret, wär i tot, ond Sie hättet wieder nix gfunde – nehm ich an.»

Im Präsidium setzte Pospischil einen Kaffee auf, Bienzle saß weit zurückgelehnt in einem alten, zerschlissenen Ledersessel. «Stellen Sie sich einmal vor», sagte er, während der Kriminalrat die Löffel mit dem Kaffeemehl abzählte, «stellen Sie sich mal vor, wie das funktioniert hätte, wenn ...» Er unterbrach sich. «Sagen Sie mal, warum waren Sie überhaupt dabei?»

«Ich kam aus der Oper und hatte meinen Wagen hier geparkt. Routinemäßig bin ich noch mal ins Büro raufgegangen. Da kam gerade der Notruf von diesem Taxifahrer.»

«Und Skrobek?»

«Ich weiß, worauf Sie hinauswollen. Und Sie haben ja vielleicht sogar recht. Er hat versucht, die Geschichte zu bagatellisieren.»

«Aha!»

«Ja, ja, ja – würden Sie gleich alles glauben, was man über einen Ihrer langjährigen, bewährten Mitarbeiter sagt ...?»

«Ganz gwiß net!»

«Also!»

«Aber vielleicht dät ich mir amal vorsichtig sein' Arbeitsplatz anschauen. Und wenn ich da Verdachtsmomente ... Also vorsorglich dät i mir dann auch noch eine richterliche Durchsuchungsanordnung für seine Wohnung ...»

«Soll ich mal beim Innenminister anfragen, ob er Sie nicht vielleicht als Polizeichef engagieren will?»

«Hab ich recht oder net?»

«Vermutlich. Aber wir mögen's nun mal nicht so gern, wenn einer aus'm Reich kommt und gleich alles besser weiß.»

«Damit habet natürlich Sie recht. Gibt's vielleicht a Cognäcle zu dem Kaffeele?»

Pospischil holte die Flasche dort hervor, wo sie in den meisten Büros steht, hinter einem Aktenordner. Sie nahmen beide einen kräftigen Schluck. Bienzle rülpste leise und behaglich.

Pospischil sagte: «Gut, ich werde es so machen. Ich hätt's auch ohne Sie so gemacht.»

«Ja, selbstverständlich!»

«Aber ich möchte Sie nicht dabeihaben.»

«Kann ich verstehen.» Bienzle wuchtete sich aus seinem Sessel heraus. Er sah auf die Uhr. «Gleich Mitternacht – des war a langer Samstag.»

Er reichte Pospischil die Hand. «Vielen Dank, skönnt sein, daß Sie mir s'Lebe grettet habet!»

Er ging aus dem Zimmer und sagte an der Tür etwas, was er bestimmt seit zwanzig Jahren nicht mehr gesagt hatte: «Bhüet Gott!»

Bienzle hätte eigentlich mit sich zufrieden sein können. Mit langsamen Schritten entfernte er sich von der Kaserne, wie das Polizeipräsidium hier genannt wurde. Er war müde, aber er wollte noch nicht ins Bett gehen, schlafen hätte er jetzt sowieso nicht können.

Er betrat eine Kneipe, Beisel sagte man wohl hier dazu. Ein paar kleine Tische und wacklige Stühle an der Wand, verwitterte Jugendstilkacheln hinter der Theke, davor ein dicker Wirt mit einer weißen Schürze vor dem Bauch. Er kam träge auf Bienzle zu.

Ob der Herr auch speisen wolle, fragte der Wirt. Das Kraut könne er empfehlen und die Würstl auch.

Bienzle nickte und bestellte ein Bier dazu.

Er fühlte sich sehr allein. Das ging ihm fast immer so, wenn er sich in einer fremden Stadt aufhielt.

Außer ihm waren nur noch drei Gäste da, ein Paar, das sich, ganz hinten am letzten Tisch, stritt und ein alter Mann, der leise vor sich hinsprach. Bienzle wandte sich dem Alten zu.

«Reden Sie mit mir?»

Der alte Mann schüttelte den Kopf. «I red nur mehr mit mir selber. I bin ein Menschenverächter, ein Misanthrop, wenn S' verstehen, was i mein.»

Bienzle nickte. «Rentner?» fragte er dann.

«Schon seit 24 Jahr.»

«Lange Zeit!»

«Zu lang, wenn S' mich fragen.»
Bienzle bestellte ein Viertel Roten für den Alten.
«Tourist?» fragte der, weil er den Wein wohl nicht ohne Gegenleistung annehmen wollte.
«So was Ähnliches.»
Sie tranken sich zu.
Die Würstl schmeckten Bienzle nicht, aber das Kraut konnte man nicht besser machen. Er sagte es dem Wirt, und der nahm's ohne Gemütsbewegung zur Kenntnis.
«Wien ist eine korrupte Stadt», sagte der Rentner plötzlich.
«Auch nicht korrputer als jede andere», sagte Bienzle.
«Doch, doch.» Der Alte trank in kleinen Schlucken. Der Adamsapfel an seinem dünnen Hals hüpfte dabei auf und ab.
«Wenn man sich's aussuchen könnt, tät man nicht hier leben.»
«Kommt ganz drauf an», sagte Bienzle. Sie konnten diesen Dialog noch lange so fortführen, dachte er bei sich. Herauskommen würde nichts dabei. Und sein seltsames Gefühl, allein in die Welt geworfen zu sein, würde sich dadurch auch nicht ändern.
«Ich geh dann», sagte Bienzle.
«Wohin?» fragte der Alte.
«Ich wohn in einer Pension ganz in der Nähe.»
Der Alte schloß sich Bienzle an.
«Was machen S' denn so?» fragte er draußen auf der Straße.
«In Deutschland bin ich Polizist.»
«A Kiberer!» Der Alte schüttelte ungläubig den Kopf. «Und jetzt suchen S' hier einen, der Ihnen im Reich ausgwitscht ist?»
Bienzle mußte lachen. «So ungefähr ist es.»
«Den finden Sie nie in Wien. Die haben Schlupflöcher, sag ich Ihnen!»
«Ich hab ihn vielleicht schon.»
«Und da sitzen S' in einem billigen Beisel rum?»
«Grad drum!»
Sie erreichten ein heruntergekommenes graues Mietshaus. Der Putz war fast vollständig abgeblättert. Über der Tür brannte eine Lampe, die durch das verschmutzte Glas kaum Licht gab.
«I bin z'Haus», sagte der Alte. «Da oben wohn ich. Zwei Kammern, Toilette und Waschbecken auf der halben Treppe.»
«Na denn», sagte Bienzle.

«Man muß zfrieden sein», sagte der Alte. «Drei, vier Jahre mach ich's ja vielleicht noch.»

«Sie sind doch gut beieinander.»

Der Alte winkte geringschätzig ab, kicherte und sang mit brüchiger Stimme: «Doch wie's da drin aussieht, geht niemand was an», dabei deutete er mit einer unbestimmten Geste auf seine Brust.

«Aber ich geh in kein Altersheim!» Er schloß die Tür auf.

«Wie alt sind Sie denn?» fragte Bienzle.

«83», sagte der Rentner. Er hatte endlich die Tür aufgebracht, die sich mit einem unangenehmen knarrenden Geräusch nach außen öffnete. «Drei oder vier Jahr noch, dann hör ich auf!» Der alte Mann trat in den dunklen Hausflur und schlug die Tür heftig hinter sich zu. Tief in Gedanken, ging Bienzle weiter durch die Gasse. Ein Motorroller huschte an ihm vorbei.

Wenn man so enden würde ... Er drückte das Kreuz durch und hob den Kopf. Die Luft roch nach Staub und Schnee. Bienzle beschleunigte seine Schritte.

Zu dem Alten hätte er sagen sollen «Bhüet Gott» und nicht zu Pospischil.

Gächter hatte als erstes Bienzles Badezimmer von den Scherben befreit und naß aufgewischt, dann hatte er die umfangreiche Bibliothek seines Freundes durchsucht und schließlich einen Kriminalroman von Friedrich Glauser mit dem ungewöhnlichen Titel *‹Der Chinese›* gefunden. Er las Glausers Kriminalromane besonders gern, weil ihn dessen Hauptfigur, der Wachtmeister Studer, so sehr an seinen Freund und Kollegen Ernst Bienzle erinnerte.

Gächter machte es sich auf der Couch bequem und schlug das Buch auf. Von oben erklangen die Melodien aus dem Film *‹Der Clou›*.

Der Roman lief schwer an. Immer wieder legte Gächter das Buch aus der Hand, verschränkte die Arme im Nacken und schloß die Augen. Er genoß die Ruhe in Bienzles Wohnzimmer. Er selbst hauste in einem abstoßend häßlichen Einzimmerappartement in der Wagenburgstraße. Aus Möbeln machte er sich nichts, und für Einrichtungen hatte er kein Gespür. Zwar konnte er ganz genau sagen, ob ihm eine Wohnung gefiel oder nicht, aber er hatte keine Ahnung, wie man sie gemütlich machte. Hannelore Schmiedinger, Bienzles Freundin, schien so etwas zu können. Die großen hellen Räume waren mit leichten Korbmöbeln und hellen Regalen eingerichtet. Auf dem Parkettboden lagen große bunte Flickenteppiche. An den Wänden hingen Bilder in hellen Farben. Auch da kannte sich Gächter nicht aus, aber er war von der optimistischen, freundlichen Wirkung der Gemälde angetan.

Andererseits wunderte er sich nicht, daß sich Bienzle unter dem Dach ein eigenes Refugium eingerichtet hatte. Das hier war wohl kaum sein Stil. Bienzle war behäbig, um nicht schwerfällig zu sagen. Er zog sich gern zurück. Zwar hatte er Mühe mit dem Alleinsein, das wußte Gächter, aber wenn er es einmal schaffte, genoß er es auch.

Das Klavierspiel im Dachgeschoß verstummte.

Sie arbeiteten jetzt seit zehn Jahren zusammen, Bienzle und er. Kein Grund zum Feiern. Aber Gächter hätte sich auch schlimmere Konstellationen vorstellen können. Er nahm das Buch wieder zur Hand. Er hatte kaum eine Seite gelesen, da stand er unruhig auf und begann in Bienzles reicher Schallplattensammlung zu kramen. Unter den 30 oder 40 Gitarrenplatten wählte er William Gomez' ‹*Jeux Interdits*›. Er wußte, daß es Bienzles Lieblingsstück war und daß er es in mindestens einem Dutzend Versionen besaß. Zunächst aber erklang eine ganz andere, zauberhafte kleine Melodie. Gächter studierte das Cover. Es handelte sich um ein Menuett von Fernando Sor. Klänge, aneinandergereiht wie kleine strahlende Perlen auf einer Schnur. Gächter legte sich auf die Couch und hörte zu.

Wenn nichts Unvorhergesehenes geschah, würde dies ein äußerst erholsames Wochenende für ihn werden.

Kurz nach 20 Uhr verließ Conradt Cornelius mit einem Stapel Noten unter dem Arm das Haus. Gächter stand hinter dem Fenster im oberen Stock und schaute ihm nach. Der zierliche Mann hatte sich womöglich zu viel vorgenommen. Gächter zog seinen Mantel an und ging ebenfalls los.

Die *Pazifik-Bar* war nur schwach besetzt. Das weiße Klavier stand auf einem Podium, das freilich ziemlich versteckt placiert war. Conny Conradt spielte sich ein. Seine Finger wanderten scheinbar mühelos über die Tasten und produzierten eine seltsam belanglose Musik aus Versatzstücken, die bei jedem Kaffeehauspianisten entliehen sein konnten.

Gächter setzte sich an ein kleines Tischchen in einer dunklen Nische, bestellte einen Gin-Orange und machte dem Kellner unmißverständlich klar, daß er keine Begleitung wünsche.

«Verstehe», sagte der Bediener.

«Glaub ich kaum», gab Gächter zurück und begann sich eine Zigarette zu drehen.

Conny Conradt schaute einen Augenblick herüber.

Eine größere Gesellschaft kam lärmend herein und belegte die Tische rund um die Tanzfläche. Conny hatte aufgehört zu spielen und begann erst wieder, als sich der Geräuschpegel ein wenig gesenkt hatte.

Plötzlich bekam die Musik Konturen. Unwillkürlich hörte Gächter genauer hin, und so wie ihm schien es auch anderen zu gehen. Die Stimmen wurden leiser. Conny hatte die Augen nun vom Publikum abgewandt und auf die Tastatur seines Klaviers gerichtet. Seine Finger waren erstaunlich schnell. Aber das war es nicht, was die Faszination ausmachte. Nicht das artistische Können, sondern die Art, wie Cornelius das Instrument singen und swingen ließ. Gächter beobachtete amüsiert und nicht ohne Rührung, wie die Menschen rings um ihn anfingen, den Takt mit den Fingern mitzuklopfen, wie sie im Rhythmus mit den Füßen wippten und manch einer mit dem ganzen Körper mitging. Auch plötzliche Rhythmusveränderungen brachten die Zuhörer nur ganz kurz aus dem Konzept. Schnell stellten sie sich um. Und Conny Conradt forcierte noch. Längst hatte er das Thema, Stevie Wonders ‹*I just called to say I love you*›, verlassen, eigene Melodien, nie gehörte Tonfolgen erklangen.

Es war keine Tanzmusik. Conradt Cornelius spielte zum Zuhören. Und als er das Stück beendete, applaudierten die Gäste in der *Pazifik-Bar* begeistert – auch Gächter. Einige standen sogar auf, um dem Pianisten ihre Ovationen zu bringen. Dagmar Konzelmann, die alle hier nur Daisy nannten, ging von Tisch zu Tisch, um sich beglückwünschen zu lassen.

An Gächters Nachbartisch tönte ein feister Mann. «Der ist ja noch viel besser geworden. Viel besser! Passen Sie bloß auf, daß der Ihnen nicht wieder laufen geht.»

Daisy kam zu Gächter an den Tisch. «Sind Sie zufrieden?» fragte sie. «Irgendwelche Wünsche?»

Conny Conradt begann im Stil Jacques Loussiers eine Bachsonate zu verjazzen.

«Danke», sagte Gächter, «der Pianist genügt.»

«Ja, nicht wahr?»

Daisy ging weiter. Gächter wußte nicht, ob sie ahnte, wer er war. Im Unterschied zu Bienzle, den viele im Milieu kannten, zählte er nicht zu den bekannten Polizisten. Pressekonferenzen ging er aus dem Weg. Ermittlungen führte er lieber verdeckt. Seine Stärke war die Beobachtung, nicht das Verhör. Das war Bienzles Spezialität – die Leute zum Reden zu bringen. Gächter bestellte noch einen Gin-Orange.

Er setzte gerade das Glas an die Lippen, als er den Mann neben Conradts Flügel entdeckte. Er war gut ein Meter neunzig groß, trotz seines Alters – er mußte so um die Sechzig sein – wirkte er sportlich durchtrainiert. Er stand sehr aufrecht da. Sein Gesicht hatte zwei Narben, die als dünne Wülste von den Schläfen bis zum Kinn liefen.

Cornelius' Spiel hatte sich verändert. Es wirkte mit einemmal zaghaft und schwunglos. Prompt wandten sich die Gäste wieder ihren Tellern, Gläsern und Begleitern zu.

Cornelius ließ die Musik ausklingen und stand auf. Auch Gächter erhob sich. Der Pianist warf einen kurzen Blick zu ihm herüber. Gächter suchte sich einen Weg durch die engstehenden Stühle und Tische.

Cornelius ging mit dem Mann zu einer Tür, rechts von der Bar.

Gächter wurde von Daisy aufgehalten. «Suchen Sie etwas Bestimmtes?»

«Weiß ich noch nicht.» Gächter wich ihr aus, indem er einen Umweg um eine andere Tischgruppe nahm. Die Tür fiel ins Schloß. Gächter beschleunigte seine Schritte. Er erreichte die Tür und drückte sie auf. Der schmale Gang dahinter führte an der offenen Küchentür vorbei zu einer Tür in der Rückwand des Gebäudes. Sie stand halb offen. Gächter näherte sich vorsichtig.

Die Tür führte auf einen Hinterhof hinaus. Der Schnee war hier zu einer grauen Masse zertrampelt. Überall standen Kisten und Fässer herum. Es roch nach sauer gewordenen Essensresten und Küchenabfällen. Cornelius stand dem hochgewachsenen Mann gegenüber.

«Wenn ich etwas davon wüßte, würde ich's wohl sagen», Cornelius wirkte eingeschüchtert.

«Ich will dich bloß warnen, Conny», sagte der andere.

«Warum? Wovor?»

«Wenn die Bullen einen Spitzel aus dir machen wollen, sag ich bloß: Tu's nicht! Du schneidest dich ins eigene Fleisch.»

Cornelius hob wie abwehrend beide Hände. «Ich will mit euren Machenschaften nichts zu tun haben, aber ich will wissen, wer mich in den Knast gebracht hat und warum.»

«Weißt du das denn nicht?»

«Keine Ahnung. Ich hab nie gedealt und nie gekokst. Und mir war es völlig gleichgültig, ob jemand anders ...»

«Aber jetzt wohnst du im Haus eines Bullen.»

«Stimmt.»

«Na? Und?»

«Er hat's mir angeboten. Vielleicht so 'ne Art Wiedergutmachung.»

«Komm, hör auf, so naiv bist du nicht.»

«Nein, du hast recht, aber wenn die Bullen glauben, sie könnten mich auf die Weise kaufen, täuschen sie sich.»

«Halb bist du schon gekauft. Ich frag mich nur, was der Bienzle damit bezweckt.»

«Warum, was soll er denn ...?»

Der Große unterbrach ihn wieder. «Der Bienzle weiß ganz genau, daß das keine zwei Tage verborgen bleiben kann.»

«Was?»

«Na, daß du bei ihm wohnst.»

«Da gibt's auch nichts zu verbergen. Er macht das für mich! Ich glaube, er mag meine Musik.»

«Das würde ihm einerseits ähnlich sehen, andererseits ist er das gerissenste Schlitzohr, das du dir denken kannst.»

Gächter ertappte sich dabei, daß er heftig zustimmend nickte. «Paß auf», sagte der Große, «am besten fährst du, wenn du uns alles haarklein erzählst, was er von dir verlangt.»

«Bisher hat er noch gar nichts verlangt.»

«Ja, das glaube ich dir sogar.»

«Aber ich verlange etwas. Ich will wissen, wer mich vier Monate in den Knast geschickt hat, und ich will wissen, was aus Anita geworden ist.»

«Die solltest du auf dem schnellsten Weg vergessen.»

«Du hast leicht reden, Stephan.»

Gächter notierte sich den Namen mit dem Kugelschreiber auf den Handballen.

«Doch, vergiß sie. Es ist besser. Und jetzt denk mal nach: Das eine hat mit dem anderen zu tun.»

Trotz der Dunkelheit auf dem finsteren, stinkenden Hof glaubte Gächter sehen zu können, wie überrascht Conny Conradt war.

«Du meinst, die haben mich aus dem Verkehr gezogen ...»

«Klar, weil du ihnen im Weg warst.»

«Glaub ich nicht.»

«Dann laß es bleiben.»

Die Männer standen sich einige Augenblicke regungslos gegenüber. Dann flammte ein Streichholz auf, mit dem sich der Große eine Zigarette ansteckte. Sein Gesicht wurde von der zuckenden Flamme fast gespenstisch beleuchtet. Gächter prägte sich die Züge des Mannes ein, den Cornelius vorhin Stephan genannt hatte.

«Also, wie gesagt», er stieß eine Rauchwolke aus, «halt dich raus oder mich auf dem laufenden. Und vergiß deine Privatsache. Es geht nicht um ein paar Gramm Kokain und nicht um die Mädchen. Es geht um mehr, Conny. Das ist alles nicht dein Bier. Du bist ein guter Pianist und kannst, weiß Gott, eine große Karriere machen. Aber zieh dir nicht die falschen Schuhe an. Das nächste Mal endet das nämlich nicht im Knast, sondern auf dem Friedhof.»

Gächter war klar, daß der große Mann mit den Narben sein Schlußwort sprach, deshalb zog er sich in den Gang zurück. Er benutzte aber nicht die Tür zur Bar, durch die er gekommen war. Er konnte sich vorstellen, wie Daisy diese Tür keinen Moment aus den Augen gelassen hatte. Also betrat er die Küche und nickte dem Personal betont freundlich zu.

«Kann ich hier mal durch?»

«Eigentlich nicht», sagte ein dicker Koch, der mit einem langen Holzlöffel in einem riesigen Topf voller Gulaschsuppe rührte. Gächter trat näher und sagte: «Riecht ja phantastisch.»

«So ab elf Uhr ist das unser absoluter Renner. Toast Hawaii und Lendentoast und Toast Maison ...» Er machte eine wegwerfende Handbewegung. «Können Se alles vergessen. Gulaschsuppe à la Pepe renkt jeden Magen ein.»

Gächter sah auf dem Gang Cornelius und Stephan vorbeigehen. Er machte schnell einen Schritt zur Seite, um nicht in ihr Blickfeld zu geraten.

«Pepe sind Sie, nehme ich an.»

«Bürgerlich Peter Schmidt, als Koch Don Pepe vom goldenen Löffel.» Er lachte laut, holte einen Probierlöffel aus einer flachen Schublade und fischte einen kleinen Fleischbrocken aus seiner Suppe. «Da, blasen Sie, und dann probieren Sie!»

Gächter probierte. «Wunderbar. Muß ich unbedingt bestellen. Was ist da alles dran?»

Draußen fiel die Tür zur Bar ins Schloß.

«Das Rezept wird nicht verraten. Na ja, Paprika, Kreuzkümmel, Kümmel, saure Sahne – das macht jeder dran, aber bei mir ...», Der Koch machte ein höchst bedeutungsvolles Gesicht. «Bei mir ist das anders. Aber – ein Geheimnis eben.»

Er war sehr mit sich zufrieden, und Gächter war es auch.

«Wie komme ich ins Lokal, wenn ich nicht durch den Gang dort hinten will?»

«Dort drüben raus, dann links – so kommen Sie zur Garderobe. Und von dort ...»

«... weiß ich Bescheid. Sobald ich wieder an meinem Tisch bin, muß ich Ihre Gulaschsuppe bestellen!»

Gächter bewegte sich trotz seiner schlaksigen Art sicher, fast elegant durch die enge Küche zu dem Ausgang, den ihm der Koch gezeigt hatte.

Daisy entdeckte ihn erst, als er längst wieder an seinem Platz saß. Sie kam zu ihm herüber. «Ich hab Sie vermißt», sagte sie mit einem etwas krampfhaften Lächeln.

«Bei so vielen zauberhaften Gästen? Ausgerechnet mich?»

«Wo waren Sie denn?»

«Na, nun bin ich ja wieder hier», auch Gächter lächelte, «und ich hab so viel von Ihrer Gulaschsuppe gehört, darf ich die bei Ihnen persönlich bestellen?»

«Ich schicke den Kellner vorbei.»

Sie schwirrte davon.

Conny Conradt stellte jetzt ein elektronisches Rhythmusgerät an und begann Tanzmusik zu spielen – Musik, die Gächter langweilte.

Es dauerte nicht lange, da stand Daisy wieder an seinem Tisch. Sie hatte in der rechten Hand eine kleine Terrine mit Gulaschsuppe, in der linken ein Sektglas. «Gestatten Sie, daß ich mich zu Ihnen setze?» Sie lächelte mit all ihrem professionellen Charme. Gächter zeigte mit einer einladenden Geste auf den zweiten Stuhl an seinem Tisch.

«Könnte es sein», begann Daisy, während sie sich mit einer eleganten Bewegung niederließ, «könnte es sein, daß Sie ein Polizeibeamter sind?»

Was hätte Bienzle in einem solchen Fall geantwortet?

«Seh ich so aus?» – «Wie kommen Sie denn darauf?» Oder einfach nur: «Sie haben's erraten!»

Gächter sagte: «Es könnte sein, daß ich Buchhalter bin oder Journalist oder Hubschrauberpilot.»

Daisy lachte. «Sie weichen mir aus!»

Gächter blieb ernst. «Ehrlich gesagt – ich fand es schon immer eine Zumutung, wenn Leute als erstes fragen: ‹Und was machen Sie so beruflich?› Wer ist schon beruflich hier oder bei irgendeiner Party oder wo auch immer?»

«Verzeihen Sie, ich wollte nicht in Ihre Intimsphäre eindringen.»

«Es ist Ihnen ja auch nicht gelungen.» Gächter hob sein Glas und prostete ihr mit einem ironischen Lächeln zu.

«Ich nehme an, Sie sind hier die Wirtin», sagte er.

«Ist jetzt meine Intimsphäre dran?»

«Nein, Sie sind doch wohl hauptberuflich hier!»

«Aber ich verweigere auch die Aussage.»

«Akzeptiert.» Gächter hob sein Glas, ohne zu trinken. Er sah sie zum erstenmal genauer an. Wie konnte ein Mensch so viel Ebenmäßigkeit und Schönheit konservieren. Wahrscheinlich hatte sie niemals jemanden an sich herangelassen und viel Zeit, Arbeit und Geduld darauf verwendet, diesen Zustand zu erhalten. Wenn es so war, dann war's absurd. Schönheit als Selbstzweck?

«Worüber denken Sie nach?» fragte Daisy.

«Über Ihre Schönheit.»

Wieder lachte sie dieses helle unpersönliche Lachen.
«Ein Kompliment hätte ich jetzt nicht erwartet.»
«Das war kein Kompliment. Ich habe sozusagen nur über einen Tatbestand nachgedacht.»
Sie schüttelte ihren schönen Kopf, daß die sorgfältig ondulierten Locken flogen. «Sie sind mir vielleicht ein komischer Heiliger.»
«Komisch vielleicht, ein Heiliger bestimmt nicht!»
Gächter begann endlich, seine Suppe zu löffeln. Sie schmeckte so gut wie die kleine Probe in der Küche.
«Exzellent», sagte er.
«Ja, Pepes Spezialität – Pepe ist unser Koch.»
«Ah, ja!»
Daisy erhob sich und strich das paillettenbesetzte Kleid über Hüften und Schenkeln glatt. Sie sah Gächter einen Augenblick an, dann sagte sie: «Ich kenn mich in den Menschen aus, Sie und ich, wir sind uns ähnlich.»
«Meinen Sie?»
«In der Wildnis soll es Tiere geben, die ihr Rudel verlassen, um sich ganz alleine durchzuschlagen.»
Gächter legte den Löffel neben die Terrine. «Nur daß es diese Tiere fast nie überleben.»

Sonntag

Kurz vor zwei Uhr verließ Gächter das Lokal. Er wartete draußen auf Conradt Cornelius und folgte ihm zuerst vorsichtig ein ganzes Stück, ehe er zu ihm aufschloß. Ohne Vorrede fragte Gächter: «Wer ist dieser Stephan?» Cornelius sah ihn überrascht an. Er war müde und hatte dunkle Ringe unter den Augen.
«Ja, ich habe ihn beobachtet und Ihr Gespräch auf dem Hinterhof belauscht», sagte Gächter.
«Ich weiß es nicht genau», antwortete der Pianist ausweichend.
Gächter wurde ärgerlich. «Machen Sie mir doch nichts vor. Immerhin haben Sie den Mann geduzt.»
«Mit Bienzle ist vereinbart, daß ich nur die Augen offenhalte

und in keiner Weise aktiv werde», antwortete Cornelius steif. «Wenn Sie mir nachspüren, bringen Sie mich nur unnötig in Gefahr.»

«Ich bin zu Ihrem Schutz dort gewesen.»

Cornelius lachte unfroh. «So was verkehrt sich leicht ins Gegenteil.» Sie schwiegen verbissen, bis sie Bienzles Wohnung erreichten. An der Tür zur unteren Wohnung verabschiedeten sie sich mit einem knappen «Gute Nacht». Beiden war die Anstrengung des Abends anzusehen.

Bienzle wachte spät auf und versuchte, den Zustand zwischen Schlafen und Wachwerden hinauszuzögern. Er streckte sich wohlig und dachte an Annegret Paul. Und schon regte sich sein schlechtes Gewissen. Er hoffte, sie würde sich melden, und zugleich wünschte er sich, daß sie nichts von sich hören ließ. Er quälte sich aus dem Bett und unterzog sich an dem viel zu kleinen Waschbecken einer mehr als mangelhaften Morgentoilette.

Es war zehn Uhr, als er ins Frühstückszimmer trat. Annegret Paul saß an einem kleinen Tischchen in der hintersten Ecke. Vor sich Eier im Glas, ein dick bestrichenes Butterbrot und eine Tasse Kaffee. Sie trug eine weiße Seidenbluse, dazu einen engen schwarzen Rock und eine schwarzseidene Weste. Außerdem wirkte sie, als ob sie schon eine Stunde Frühsport, eine lange Heiß- und Kaltdusche und einen erholsamen Morgenspaziergang durch den Burggarten hinter sich hätte. Bienzle kam sich unausgeschlafen und schmuddelig vor. Er zwang sich zu einem Lächeln. Annegret stand auf und küßte ihn freundschaftlich auf beide Wangen. «Gut geschlafen, Herr Kommissar?»

Bienzle gab einen unartikulierten Laut von sich.

«Schlechte Laune?» fragte die Privatdetektivin.

Der Kommissar ging nicht darauf ein. Er bestellte Kaffee, ein großes Mineralwasser und Spiegeleier mit Schinken.

Annegret stieß nach: «Schlechtes Gewissen?»

Bienzle sagte: «Wie geht's Christa Wollneck?»

«Nicht gut.» Ihre freundliche Miene war wie weggewischt. «Die Frauen haben die schlimmsten Folterungen durchlebt.»

«Was ist mit Rauschgift?»

«Fräulein Wollneck ist eindeutig süchtig.»

«Von den Tätern keine Spur, nehme ich an.»
«Darum hab ich mich nicht gekümmert.»
«Hast du deinen Mandanten schon benachrichtigt?»
«Ja, er kommt mit einem Flugzeug um 14.25 hier an.»
«Fall erfolgreich abgeschlossen.» Bienzle machte sich über seine Spiegeleier her.
«Das schon.»
«Es nimmt dich ziemlich mit, was?»
Annegret nickte. Sie kämpfte mit den Tränen. Bienzle legte ihr für einen Augenblick tröstend seine Hand auf den Nacken.
«Sie haben diesen Skrobek festgenommen», sagte Annegret.
«Hoffentlich können sie ihm etwas beweisen.»
«Mir gegenüber hat Pospischil nichts verlauten lassen. Aber dir wird er's ja wohl sagen, von Kollege zu Kollege.»
«Weiß nicht. Er war etwas ungehalten letzte Nacht.»
Bienzle schob den Teller von sich und tupfte den Mund mit der Serviette ab. «Jeder andere Fall wäre mir lieber», sagte er.
«Immerhin haben wir uns dabei kennengelernt.» Annegret versuchte es mit einem Lächeln.
Bienzle nickte dazu, als ob es sich um eine äußerst wichtige Feststellung handelte.
«Sehen wir uns irgendwann einmal wieder?» fragte Annegret.
«Schon möglich.»
«Sieht aus, als ob das keine sonderlich angenehme Vorstellung für dich wäre.»
«Ha komm, jetzt schwätz net raus.»
«Ich lebe übrigens auch in einer festen Beziehung», sagte sie.
«Ach!» Bienzle war richtig betroffen.
Annegret Paul mußte unwillkürlich lachen. Bienzle sah sie überrascht an.
«Was amüsiert dich denn daran?»
«Deine Reaktion.»
«Ich geb's ja zu, ich bin ein Dackel!» Bienzle sah ganz unglücklich aus. Annegret Paul stand auf. «Ich mach mich dann mal auf den Weg.»
«Gibst du mir deine Adresse?» fragte Bienzle.
«Nur wenn du sie auch irgendwann einmal benutzt.»
«Versprochen.»

Sie reichte ihm eine Visitenkarte, beugte sich rasch zu ihm herunter und küßte ihn auf den Mund. «Es war schön», sagte sie leise, «auch wenn dir deine Mutter früher mal so was verboten hat.» Und raus war sie.

Bienzle starrte noch lange auf die Tür, durch die sie verschwunden war.

Eine Stunde später war er im Präsidium. Pospischil erwartete ihn bereits, war aber äußerst reserviert. «Bitte ziehen Sie keine vorschnellen Schlüsse aus dem gestrigen Abend», sagte er.

«Woher denn!»

«Die Konstellation war extrem ungünstig. Herr Skrobek, der die Untersuchungen leitete, stand wohl tatsächlich auf der Gehaltsliste dieser Bande.»

«Ist er geständig?»

«Nein. Er verweigert jede Aussage.»

«Sie kennen ihn. Wird er irgendwann weich?»

«Glaube ich nicht. Dafür hat er auch zu viel Angst.»

«Vor diesen Zuhältern?»

«Es handelt sich ganz offensichtlich um eine international verflochtene Verbrechensorganisation, die keineswegs nur im Mädchenhandel tätig ist.»

«Ja, das ist mir klar.»

«Skrobek hat eine Frau und zwei erwachsene Töchter.»

Bienzle nickte. «Da kann man nichts machen.»

«So ist es.»

«Haben Sie irgend etwas über die Identität des schnauzbärtigen Mannes herausbekommen?»

Pospischil holte einen schmalen Aktendeckel aus dem Regal und warf ihn vor Bienzle auf den Schreibtisch. Bienzle klappte ihn auf. Ein postkartengroßes Bild zeigte eindeutig den Mann, dem er am Abend zuvor in der Villa begegnet war. «Kurt Georg Wernitz», las er, «geboren 27. 3. 1927 in Kassel, Lehre als Graveur, später Ausbildung zum Grafiker in Essen. 1,84 groß, sportliche Erscheinung.» Wernitz hatte sieben Vorstrafen, zwei wegen gefährlicher Körperverletzung, drei wegen schwerer Zollvergehen, eine wegen Einbruchdiebstahl und eine wegen unerlaubten Waffenbesitzes. Seit sechs Jahren war er nicht mehr aufgefallen. Es galt aber als sicher, daß er ein enger Vertrauter von Dr. Bernhard Gonzales, genannt Gonzo, war.

Bis vor zwei Jahren allerdings hatte er bei dem Stuttgarter Finanzberater Seifritz gearbeitet. Seine Tätigkeit dort war nicht genau beschrieben.

Bienzle legte die Akte auf den Tisch. «Seifritz steckt in dem Fall mit drin. Der ermordete Thomas Teuber war so eine Art Pflegesohn von ihm.»

«Dieser Barpianist?»

«Genau der, ja!»

«Und Sie sehen da einen Zusammenhang?» fragte Pospischil.

«Na ja, der drängt sich ja doch geradezu auf.»

«Es gibt Zufälle.»

«Davon haben wir bei diesen Ermittlungen nun schon genug gehabt», sagte Bienzle. «Was hat denn die Razzia im *Red Rose* gebracht?»

«Eine Adressenliste. Wir nehmen an, es handelt sich um die ‹Abnehmer› der Mädchen.» Pospischil reichte Bienzle eine Liste über den Tisch. «Wir haben Interpol schon informiert. Im Augenblick ist man in Paris dabei, die Polizei in den betroffenen Ländern zu unterrichten. Man will überall zur gleichen Zeit losschlagen.»

«Hoffentlich dauert das nicht zu lange», sagte Bienzle. «Wernitz und seine Leute werden ihre Kunden warnen, nehme ich an.»

Pospischil machte eine resignierende Geste mit beiden Händen. «Die Herren Verbrecher sind nun mal nicht so von der Bürokratie abhängig wie wir.»

Bienzle ging nicht darauf ein. Er steckte die Liste in die Tasche.

«Sonst noch irgend etwas Wichtiges?»

«Sie erhalten einen kompletten Bericht, nachdem wir alles ausgewertet haben.»

«Vielen Dank!»

«*Wir* haben zu danken!»

«Nicht der Rede wert.»

«Oh, doch, Sie selbst können das vermutlich am besten einschätzen. Wir sind an diesem Wochenende einen Riesenschritt weitergekommen.»

Die beiden Männer gaben sich die Hand.

«Wann fliegen Sie?» fragte Pospischil.

«16 Uhr 20.»

«Da haben Sie aber noch eine Menge Zeit.»

«Ich werd mich nicht langweilen.»

Bienzle verließ das Präsidium und trat in den kalten Wintertag hinaus. Ziellos schlenderte er durch die Stadt und ging schließlich in ein Café. Er setzte sich an einen Tisch am Fenster und bestellte einen Schwarzen und eine Sachertorte. Dann riß er ein paar Seiten aus seinem Notizbuch und begann, einen langen Brief an Hannelore zu schreiben. Als er ihn mit einem lieben Gruß abschloß, hatte er außer der Sachertorte noch ein Sahnebaiser und einen Vierfruchtkuchen mit Sahne gegessen. Trotzdem fühlte er sich leichter, als er wieder auf die Straße hinaustrat.

Schon kurz nach drei Uhr war er auf dem Flughafen. Wenn er auf Reisen war, lebte Bienzle beständig in der Angst, zu spät zu kommen. Von einer Telefonzelle aus rief er noch mal im Präsidium an und ließ sich Pospischil geben. «Ich habe nur noch eine Frage: Wer ist Dr. Gonzales?»

«Ein Österreicher spanischer Herkunft. Bankkaufmann von Beruf, aber seit Jahren im internationalen Handel tätig. Maschinen, Elektronik, Waffen – alles legal. Mindestens kann man ihm nichts anderes nachweisen.»

«Haben Sie ihm schon auf den Zahn gefühlt?»

«Bevor Sie dem auf den Zahn fühlen können, hat er schon zugebissen, werter Kollege. Guten Flug!» Pospischil legte auf. Bienzle ging zu seinem Flugsteig, kaufte auf dem Weg dorthin im Duty-Free-Shop ein Parfum für Hannelore und eine Flasche Whisky für Gächter und suchte sich einen Platz, von dem aus er die hereinströmenden Fluggäste beobachten konnte. Da blieb er sitzen, bis die Passagiere für den Flug nach Stuttgart aufgerufen wurden.

Gächter lag auf der Couch und hatte einen guten Teil von Bienzles Büchern um sich herum ausgelegt. «Ich bin immer noch auf der Suche», sagte er, «schwer zu entscheiden. Ich hab in jedem ein bißchen herumgelesen.» Er machte sich nicht die Mühe aufzustehen.

Bienzle ging zu Cornelius hinauf, um ihn zu einer Tasse Kaffee einzuladen. «Dann muß ich nicht alles zweimal erzählen.» Gächter und der Pianist hörten sich Bienzles Bericht aufmerksam an.

«Gonzales ... der Name ist irgendwann einmal genannt worden», sagte Cornelius, «aber ich weiß beim besten Willen nicht mehr, wo und wann.»

«Es wird Ihnen wieder einfallen», sagte Bienzle.

«Vielleicht hat dieser Stephan ihn erwähnt», meinte Gächter und setzte sich endlich auf.

«Wer ist Stephan?» wollte Bienzle wissen.

Gächter berichtete und sagte schließlich: «Herr Cornelius will nicht sagen, wer er ist und wie er zu ihm steht.»

Bienzle ging in die Küche und nahm die Kaffeekanne aus der Maschine. «Stephan Berndl vielleicht?»

Er kam ins Zimmer zurück und konnte an Cornelius' Gesicht ablesen, daß er ins Schwarze getroffen hatte. «Wie kommen Sie ausgerechnet zu dem?» fragte er den Pianisten.

«In meinem Job kann man sich die Leute nicht aussuchen, die einen ansprechen», sagte Cornelius.

Bienzle goß ein und wendete sich dann an Gächter. «Berndl war mal Polizist. Under-Cover-Agent in einem Falschgeldfall. Er hat dann die Seite gewechselt.»

«Ernsthaft?»

«Und wie ernsthaft. Der Mann hat den großen Vorteil, daß er beide Seiten kennt. Dem ist die Polizeiarbeit genauso vertraut wie das Verbrechen. So einen mußt du erst einmal überführen.»

«Und welche Rolle spielt er jetzt?»

«Er pendelt nach wie vor zwischen beiden Fronten. Du weißt nie, wo du mit ihm dran bist.»

«Ich weiß das schon», sagte Gächter, «dieser Mann hat Cornelius eindeutig bedroht. Falls er mit der Polizei zusammenarbeite, komme er diesmal nicht nur in den Knast, sondern gleich auf den Friedhof.»

«Scharfes Geschütz.» Bienzle nippte vorsichtig an seinem Kaffee. Über den Rand der Tasse hinweg sah er Cornelius forschend an. «Ich glaube, wir sollten unser Experiment abbrechen. Ich hab ja jetzt eine Spur.»

«Wie Sie meinen», sagte Cornelius leichthin.

«Gut. Ich bitte Sie, vergessen Sie alles, was wir besprochen haben.»

«Ich bin also nicht mehr Ihr Mann im Untergrund?» Bienzle hätte die Ironie heraushören sollen, aber es fiel ihm nicht auf.

«Nein. Sie sind der Pianist Conny Conradt und sonst gar nichts.»

«Dann werd ich mir mal 'ne neue Bleibe suchen.»

«Das hat überhaupt keine Eile. Ich hab Ihnen die Wohnung angeboten, und Sie können darin bleiben, so lange Sie mögen.»

«Ohne Verpflichtung?»

«Absolut ohne jede Verpflichtung!» Bienzle trank seinen Kaffee aus. «Ich muß noch etwas erledigen», sagte er zu Gächter. «Da, lies den *‹Schattenfotograf›* von Schnurre, das wird dir gefallen.»

Er ging schnell hinaus.

Sein Wagen sprang erst nach dem zehnten Versuch an. Bienzle hatte die Angewohnheit, solche Dinge mitzuzählen. Langsam ließ er das Fahrzeug den Berg hinunterrollen. Er bezweifelte selbst, daß sein Plan vernünftig war. Als er auf die Hohenheimer Straße zufuhr, war die Ampel grün. ‹Wenn sie so lange grün bleibt, daß ich noch rüberkomm, geht's gut aus›, sagte sich Bienzle. Da sprang die Ampel auch schon auf gelb um. Er hätte ja umkehren können. Aber er hielt nun sein eigenes Gedankenspiel für kindisch und bemühte sich, rasch an etwas anderes zu denken.

Die Weinsteige war leicht mit Neuschnee bedeckt. Es wurde langsam dunkel. Die Straßenlampen brannten schon. Bienzle fuhr äußerst umsichtig. Im Hainbuchenweg waren die Spurrinnen der Autos gefroren. Bienzle stellte den Wagen kurz nach der Kreuzung mit der Felix-Dahn-Straße ab und ging den Rest zu Fuß.

Holger Klatt öffnete selbst. «Kann ich reinkommen?» fragte Bienzle. Klatt trat einen Schritt zur Seite und machte eine einladende Geste.

Klatts Wohnung bestand im Erdgeschoß aus einem einzigen riesigen Raum von gut 90 bis 100 Quadratmetern. Er war durch Regale, Sitzgruppen und Zimmerpflanzen geschickt in einzelne Segmente geteilt. Farben fehlten. Alles war entweder schwarz oder weiß. Schwarz die Ledermöbel, weiß die Wände und Regale. Alle Bücher waren in schwarze Lederschutzhüllen eingebunden. Tiefe, schwarz-weiß-karierte Teppiche deckten den Boden. An den Wänden hingen monochrome weiße Kunstwerke.

«Nehmen Sie Platz», sagte Klatt. «Und ziehen Sie um Gottes willen nicht gleich wieder Ihre Pistole.»

Bienzle setzte sich in einen der Ledersessel.

«Einen Drink?» fragte der Hausherr.

«Ein Bier vielleicht.»

Klatt ging aus dem Raum und kam kurz darauf mit zwei Flaschen Bier und zwei Gläsern zurück.

«Also?» Er sah auf Bienzle herunter, während er ihm Glas und Flasche reichte. «Was kann ich für Sie tun?»

«Ich möchte Sie davon in Kenntnis setzen», Bienzle unterbrach sich. «Also, um's weniger gschwollen zu sagen: Sie müssen wissen, daß Conradt Cornelius nicht für uns arbeitet. In keiner Form. Die Tatsache, daß er bei mir wohnt, legt den Schluß vielleicht nahe, aber ...»

«Ich weiß nicht, warum mich das interessieren sollte», unterbrach ihn Klatt.

Bienzle goß sich das Bier etwas zu rasch ein. Der Schaum lief über den Rand des Glases und über seine Finger.

«Ich will von Ihnen gar nicht wissen, ob Sie das interessiert, Herr Klatt. Ich will's Ihnen nur gesagt haben.»

«Heißt das, Sie sind gekommen, um mir mitzuteilen, daß Sie keinen Polizeispitzel ...»

«So hab ich das nicht gesagt. Ob ich einen Spitzel einsetze, ist eine andere Sache. Nur – Cornelius wird es auf keinen Fall sein.»

«Es gibt aber weder für Cornelius noch für sonst jemanden einen Grund ...»

«Herr Klatt. Ich komme grade aus Wien. Die Kollegen dort haben ein Nest ausgehoben. Zwar ist ihnen ein gewisser Kurt Georg Wernitz entschlüpft, und auch Vinzenz Wolf kam grade noch weg. Aber es gibt doch eine Menge Indizien, die – sagen wir mal – den Einsatz eines Spitzels in Ihrer näheren Umgebung sinnvoll erscheinen lassen könnten.»

Klatt lachte. «Ich hab schon viel über Sie gehört, Kommissar, aber daß Sie solche Sätze bauen ...»

«Ja, ich komm mir selber a bißle dackelhaft vor, aber Sie haben schon verstanden, was ich mein, oder?»

«Verstanden schon, aber es betrifft mich nicht.»

«Na, um so besser.» Bienzle stand auf. Stehend trank er das restliche Bier in einem Zug aus. «Das war's dann», sagte er.

Klatt begleitete ihn zur Tür. «Wenn Sie's beruhigt», sagte er, «ich unterhalte keinerlei Geschäftsbeziehungen nach Wien.»

«Das beruhigt mich überhaupt nicht.»

Klatt wollte dem Kommissar die Hand reichen, aber der übersah die Geste und stapfte hinaus.

Wovor hatte er sich gefürchtet? Warum hatte er den blödsinnigen Ampeltest gemacht. Es war alles genau so gelaufen, wie er es sich vorgestellt hatte. So weit war er mit seinen Gedanken gerade gekommen, als er auf dem eisglatten Gehweg ausrutschte und längelang hinfiel. Er schlug sich das Kinn an einem Eisbrocken auf.

«Schlägerei gehabt?» fragte eine Viertelstunde später Costas und deutete auf die Blutkruste an Bienzles Kinn.

«Ich hab halt einen gefährlichen Beruf», antwortete der Kommissar.

«Gib mir einen Ouzo gegen den Schmerz, ein Bier gegen den Durst und Auberginen mit Tzaziki, um den Magen zu beruhigen.» Als er den Ouzo getrunken hatte, merkte er plötzlich, wie müde er war. Costas, dem nichts entging, sagte: «Du siehst ziemlich geschafft aus. Wie sagt man bei euch: abgekämpft.»

«Tja, ich merk's auch grade.»

«Zeit, daß Hannelore wiederkommt. Ein Mann braucht seine Ordnung.» Costas feixte.

«Ich geb zu, sie fehlt mir», sagte Bienzle, «aber nicht wegen der Ordnung.»

Sonntag abend hatte die *Pazifik-Bar* geschlossen. Die *Royal-Bar* verwies mit einem Schild darauf, daß sie eine geschlossene Gesellschaft hatte.

Bienzle ging zufrieden und beruhigt nach Hause.

Weder Gächter noch Cornelius waren da. Bienzle war froh darüber.

Er warf einen Blick ins Bad und fand die Hoffnung bestätigt, daß Gächter aufgeräumt und saubergemacht hatte. Eine Viertelstunde später lag er entspannt im heißen Wasser.

Das Telefon klingelte zweimal, aber Bienzle ignorierte es. Später legte er sich auf Hannelores Stereoanlage eine Platte auf, goß sich ein Viertel Rotwein ein und machte es sich in seinem schönsten Sessel bequem. So sollte der Sonntag ausklingen – friedlich und gemütlich.

Cornelius hatte kurz nach 19 Uhr das Haus verlassen. Gächter war ihm gefolgt. Seit dem Gespräch in der Nacht mißtraute er dem Pianisten. Und er fühlte sich darin noch bestätigt, als er merkte, wo der Klavierspieler seine Schritte hinlenkte. Kurz nach halb acht stieß Cornelius die Tür zur *Washington-Bar* auf. Gächter wußte aus den Akten, daß Conny Conradt dort gespielt hatte, ehe er den Aufstieg in die *Pazifik-Bar* schaffte.

Conradt Cornelius spürte es wie einen Sog. Kaum war die Tür hinter ihm zugefallen, da war alles wieder da: der Geruch, der Lärm, die überzogen fröhliche Stimmung – und das Klavier. Es klang noch verstimmter als zu seiner Zeit. Conny bahnte sich einen Weg durch die Leiber. Wie vor vier Jahren standen die meisten der Gäste, obwohl Stühle frei waren. Sie hatten Bierkrüge oder Weingläser in der Hand. Rauchschwaden hingen unter der Decke. Grelles, lautes Frauenlachen und dumpfe, grölende Töne aus Männerkehlen mischten sich.

Conny erreichte den Tresen. «Ein Apfelsaftschorle», verlangte er. Neben ihm lachte ein Mann wiehernd auf. «Ein Blaukreuzler!»

«Da, das Bier ist frisch gezapft.» Die Frau hinter dem Tresen schob es über den gewellten Nirostastahl auf Conny zu. Es gab ein widerlich kratzendes Geräusch. Conny nahm das Bierglas, legte ein Fünfmarkstück auf den Tresen und kippte den Inhalt in den Ausguß.

«Wohl verrückt geworden», sagte der Mann neben ihm.

Die Frau hinter dem Tresen sah auf. Sie war näher an den Fünfzig als an den Vierzig, groß, breit, schlampig geschminkt und nachlässig gekleidet. Die grauen Haare hingen ihr in Strähnen bis zu den Augenbrauen herab. Aber jetzt ging ein Strahlen über das müde Gesicht. «Conny, Mensch, Conny. Leute, Conny Conradt ist da! Ruhe mal, verdammt noch mal!»

In diesem Augenblick kam Gächter herein. Niemand beachtete ihn. «Hört doch mal zu», schrie die Wirtin, «Conny Conradt ist gekommen.» Die meisten schienen damit nichts anfangen zu können. Aber einige bahnten sich doch den Weg bis zum Tresen.

«Mann, der Conny», rief ein dicker, kleiner Säufertyp, «wo warst du denn die ganze Zeit?»

«Krieg ich jetzt mein Apfelsaftschorle?» sagte Conny zur Wirtin.

«Noch immer trocken?» fragte sie.

«Ja, und so soll's auch bleiben.»

«Was suchste dann in 'ner Kneipe?» fragte der Mann neben ihm.

«Spielen wird er», rief der kleine Säufer, «du mußt Conny mal gehört haben. Wenn du Conny nicht gehört hast, dann kannst du . . .»

Statt seinen Satz zu beenden, winkte der kleine Säufer nur geringschätzig ab.

«Spiel was, Conny, mir zuliebe, ich geb auch einen aus!»

«Ich brauch 'ne Auskunft», sagte Conny. Dabei sah er die Wirtin an. «Vielleicht kannst du mir ja weiterhelfen, Alma.»

Gächter hatte sich nahe genug herangeschoben, um alles zu hören. Die Wirtin setzte eine verschlossene Miene auf.

«Was denn für 'ne Auskunft?»

«Komm rüber zum Klavier, ich spiel auch deine Lieblingsmelodie.» Es bildete sich fast eine Art Festzug. Alles strebte dem Klavier zu. Ein Kellner in einer fadenscheinigen Smokingweste trug ein Tablett mit vollen Biergläsern zum Piano und setzte seine Fracht so hart ab, daß der Gerstensaft schäumend über das Instrument schwappte. Niemand kümmerte sich darum.

Conny spielte zunächst nur mit einer Hand. Gächter traute seinen Ohren nicht. ‹*Jeux Interdits*› war das, Bienzles Lieblingsmelodie. Alma, die Wirtin, wiegte sich ganz sanft dazu in ihren breiten Hüften. Gächter zog das Telefon zu sich heran. Es war vielleicht einmal grün gewesen. Inzwischen hatte sich der Schmutz vieler Jahre in Schichten darauf gelegt. Gächter wählte

Bienzles Nummer. Als der Freund sich meldete, hob Gächter den Hörer hoch. Conny Conradt legte jetzt eine verspielte Begleitung unter die Melodie – es klang ein wenig wie eine Bachsche Fuge. Gächter nahm den Hörer ans Ohr. «Heilix Blechle», schimpfte Bienzle, «wer ist denn da?»

«Conny spielt zu Ehren der Wirtin von der *Washington-Bar* deine Lieblingsmelodie!» sagte Gächter.

«Aha – bischt du dort?»

«Ja, sicher!»

«Dann wart, bis ich komm!» Bienzle legte auf.

Auch Gächter ließ den Hörer in die Gabel gleiten. Ohne Erfolg versuchte er, den Schmutz von seinen Fingern zu wischen. Conny Conradt ging in die Vollen. Er war beim Moll-Part angekommen und reicherte ihn kräftig mit ausladenden Harmonien an. Alma hatte ihre Ellbogen auf dem Klavier aufgestützt und ihren Kopf in die flache Hand gelegt. Ihre Lippen bewegten sich. Gächter war nicht klar, ob sie sang oder mit Conny redete. Allerdings sah es so aus, als hörte ihr der Pianist aufmerksam zu.

Das Stück verklang, wie es begonnen hatte – einstimmig mit leise verschwindenden, perlenden Tönen. Das Publikum applaudierte begeistert.

«Trink einen Sekt mit mir», sagte Alma.

«Keinen Tropfen!»

«Dann spiel *‹Zwei in einer großen Stadt, die so viele schon verzaubert hat . . .›*» Almas Stimme ging in einen schmeichelnden Singsang über. Conny nahm die Melodie lächelnd auf, traf sogar exakt die richtige Tonart und spielte das Lied dann im Stil des Swing. Alma kramte ein Blöckchen aus ihrer Schürzentasche und schrieb etwas darauf. Es sah aus, als hätte ein Gast die Rechnung verlangt und sie wollte nur schnell zusammenzählen, was er gehabt hatte. Aber dann riß Alma das Zettelchen ab, faltete es auf Briefmarkengröße zusammen und steckte es ins Hemdentäschchen des Pianisten. «Und jetzt noch *‹Heut liegt was in der Luft›*», rief sie dabei laut.

Conny fand einen nahtlosen Übergang, und Alma begann zu singen: «Heut liegt was in der Luft . . . in der Luft . . . in der Luft . . . das so verlockend ruft . . . Mir ist so komisch zumute, ich ahne und vermute – heut liegt was in der Luft ...» Gächter war erstaunt. Alma hatte zwar eine Stimme wie ein Reibeisen, aber sie vibrierte vor Musikalität. Eine Blues-Stimme war das, wie man sie kaum einmal zu hören bekam. Schade nur, daß sie dieses alberne Liedchen sang. So ähnlich mußte auch Conny Conradt gedacht haben, denn er hob jetzt den Kopf und änderte den Rhythmus. Alma ging sofort mit. Die beiden musizierten garantiert nicht zum erstenmal miteinander. Conny Conradt spielte Louis Armstrongs altes ‹*Blueberry Hill*›, und das war wie gemacht für Almas Stimme.

Der Kellner schob wie von ungefähr ein Schnapsglas auf das Klavier – direkt vor Connys Augen. Wie in Trance faßte der Pianist danach. Das war eine selbstverständliche Bewegung – sozusagen ein Teil seines Spiels.

Almas weiße, dicke Hand fegte das Glas mit einer blitzschnellen Bewegung vom Klavier. Sekundenbruchteile nur, ehe Conny zugreifen konnte. Der Klavierspieler sah einen Augenblick auf, ohne sein Spiel zu unterbrechen und sagte: «Danke, Alma!» Er beendete sein Stück ziemlich abrupt, und als sein Publikum wieder laut Beifall spendete, zeigte er mit einer übertrieben generösen Geste auf Alma, die Sängerin.

Zu einer weiteren Zugabe ließ er sich nicht bewegen. Er stand auf, trank sein Apfelsaftschorle und sagte, ohne jemanden direkt anzusprechen: «Ich muß los, ich hab noch was zu erledigen.»

«Wo soll's denn noch hingehen?» fragte der kleine Säufer.

«Zurück in die Vergangenheit», antwortete der Klavierspieler mit einem melancholischen Lächeln.

Gächter hatte sich vorsichtig außer Sichtweite gebracht. Er stand mit dem Rücken zu den Sprechenden hinter einem schmiedeeisernen Gitter, an dem sich irgendeine kümmerlich sprießende Efeuart emporzuranken versuchte.

Der kleine Säufer lachte. «Du hast wieder mal Sprüche drauf, Conny!»

Dann hörte Gächter, wie Alma sagte: «Nimm dich vor Stephan in acht. Der ist schlimm.»

Conny Conradt sagte: «Wenn alles vorbei ist, komme ich, und dann spiel ich einen ganzen Abend nur für dich.»

«Keine leeren Versprechungen», sagte Alma.

Conny Conradt bahnte sich einen Weg zur Tür. Gächter folgte ihm Augenblicke später.

Bienzle kam zehn Minuten danach in die *Washington-Bar*. Alma bemerkte ihn, noch ehe er die Tür zugedrückt hatte. Sie holte eine Flasche Korber Kopf Trollinger aus dem Schrank und entkorkte sie. «Lange nicht gesehen», sagte sie, während sie eingoß.

«Wo ist er?» fragte Bienzle.

«Wer?»

«Conny Conradt.»

Alma zuckte die Achseln.

Bienzle nahm einen Schluck aus dem Glas. «Es ist wichtig, Alma.»

«Warum?»

«Vielleicht versucht er etwas auf eigene Faust, und das könnte in dem Fall tödlich sein.»

Bienzle lehnte mit der Hüfte am Tresen. Alma spülte Gläser und reihte sie zum Abtropfen auf. «Er meint, er kann die Anita finden – seine Freundin», sagte Alma nach einigem Zögern.

«Und vermutlich auch den, der ihn ins Loch gebracht hat.»

«Da muß man ja wohl nicht weit suchen», sagte Alma.

«Kommt drauf an, was man weiß», meinte Bienzle.

Alma lachte mit ihrer Reibeisenstimme, daß man Gänsehaut davon bekommen konnte. Dann wurde sie aber schlagartig wieder ernst.

«Wenn ihn bloß keiner zum Saufen verleitet!»

Bienzle nickte. «Wo ist er, Alma?» fragte er dann noch mal eindringlich.

«Er ist ins *Rote Rad*!»

«Was?»

«Ja!»

«Aber warum?»

Alma wand sich.

«Sag schon!» fuhr Bienzle sie an.

«Weil er dort seine Anita wiederfindet!»

Bienzle starrte die Wirtin an. «Sag das noch mal.»

«Mein Gott, ich hab doch nicht gewußt ...»

«Was? Was hast du nicht gewußt? Raus mit der Sprache.»

Bienzle hatte sich weit über den Tresen gebeugt. Sein Gesicht hatte sich stark verändert. Alles Weiche war daraus verschwunden. Jetzt sah es aus, als ob eine unsichtbare Hand die Haut über die Knochen nach hinten gezogen hätte.

«Mein Gott, Bienzle, du siehst ja aus wie ein Hund, der gleich zuschnappt!» stieß Alma hervor.

«Ich will wissen, *was* du nicht gewußt hast.» Die Männer am Tresen wichen unwillkürlich zurück. Nur der kleine, dicke Säufer sagte: «Heh, heh, heh, wie hammers denn?» und griff nach Bienzles Schulter. Aber der schob die Hand mit einer unwilligen Geste einfach weg.

«Ich hab nicht gewußt, wie ernst es dem Conny mit der Anita war.»

«Und wenn du's gewußt hättest?» Bienzles Augen waren nur noch Schlitze, sein Mund war nur noch ein Strich. Die Farbe war aus seinem Gesicht gewichen. Er hatte deutlich sichtbare Schweißperlen auf der Stirn.

«Reg dich doch nicht so auf, Bienzle. Jemand wie ich kann sich nicht einmischen», sagte Alma verzweifelt.

«Ein Telefonanruf, weiter nichts – das hätt gelangt, Hörer abnehmen, die 50601 wählen, den Bienzle verlangen – des isch no lang koi Einmischung.»

«Die Nummer notier ich mir!» krähte der kleine Säufer und gurgelte mit seinem Schnaps, ehe er ihn schluckte.

«Also im *Roten Rad*», schnappte Bienzle.

Alma nickte.

«Und wer hat sie dorthin gebracht?»

«Das ist nichts für euch!» bellte Alma die anderen am Tresen an. «Komm mal mit nach hinten», sagte sie dann zu Bienzle.

Er folgte ihr durch eine unansehnliche graue Tür in eine Art Büro. Der Raum hatte nicht mehr als 12 Quadratmeter und nur ein kleines Fenster. In der rechten hinteren Ecke stand unter einer Stehlampe aus den fünfziger Jahren mit einem stoffbespannten Lampenschirm ein zerschlissener Sessel. Alma räumte ihn leer. Außer dem Sessel war da noch ein billiger Schreibtisch – überladen mit Papieren, leeren Kaffeetassen, vollen Aschenbechern, Flickwäsche, einem Nadelkissen und allerlei sonstigem Krimskrams. «Ich komm einfach zu nichts», sagte Alma entschuldigend.

Bienzle ging nicht darauf ein. Er blieb neben dem Sessel stehen.

«Also wer?» sagte er.

«Wolf!»

«Vinzenz Wolf?»

«Ja!»

«Und wer noch?»

«Huttenlocher.»

«Der war also der andere.»

«Ja.»

«Und wie geht das vor sich?»

«Weißt du doch!»

«Ich weiß, daß sie irgendein Mittel in die Getränke schütten und die Mädchen zu einem falschen Doktor schleifen.»

«Ja!»

«Und weiter?»

«Sie kriegen Rauschgift und werden ...» Alma schluckte, «... sie werden mißhandelt.» Sie gab sich einen Ruck. «Und zwar so, daß auf den Strich gehen das reinste Honiglecken dagegen ist.»

Bienzle nickte.

«Dann werden sie weggebracht. Bis auf die, die völlig allein sind.»

«Die Anita zum Beispiel hat niemand gehabt.»

«Außer Conny Conradt.»

«Ja!»

«Wußte das der Vinzenz nicht?»

«Doch, sicher. Vinzenz war ja ... er war ja fast ein Freund von Conny.»

«Wenn du solche Freunde hast, brauchst keinen Feind mehr», sagte Bienzle.

«Das stimmt.» Alma seufzte tief.

«Hättst du mir das mal früher gsagt.»

«Ich hab ja nicht gwußt, daß du mit dem Fall ...»

«Des macht doch kein Unterschied, heilix Blechle, hast du denn kein Mitleid mit dene Mädle?»

Alma begann übergangslos zu weinen. Bienzle starrte sie hilflos an. Schließlich reichte er ihr sein Taschentuch. Alma schneuzte kräftig hinein.

«Wen trifft der Conny im *Roten Rad* – außer der Anita?»
«Vielleicht den Huttenlocher.»
«Mhm», Bienzle nickte. «Was ist mit Klatt?»
«Der macht sich die Finger nicht schmutzig.»
Bienzle ging zu Alma hinüber, nahm ihr das Taschentuch aus der Hand und sagte: «Früher hättscht du net bloß zuguckt.»
«Ja, früher war früher», sagte Alma leise.
Bienzle ging hinaus.

Zum *Roten Rad* waren es zu Fuß keine fünf Minuten. Bienzle beeilte sich.

Für Conny Conradt steckte auch das *Rote Rad* voller Erinnerungen. Damals hatte er noch lästerlich gesoffen. Gespielt hatte er meist nur in Trance. Auch damals nicht schlecht, aber wild und unkontrolliert. Im *Roten Rad* hatte er seinen Tiefpunkt erlebt. Aber von dort an war es auch aufwärtsgegangen. Der Weg war mühsam gewesen und hatte Jahre gedauert. Jetzt ging er ihn in einer Nacht zurück. Den Kommissar Gächter, der dicht hinter ihm war, bemerkte Conny nicht.

Der Wirt im *Roten Rad* hatte gewechselt. Jetzt war ein junger, smarter Pächter da. Besitzer war nach wie vor Holger Klatt. Conny Conradt stand ein paar Sekunden in der Tür. Auf dem Podium stand zwar noch ein Klavier, aber es wurde ganz offensichtlich nicht mehr gespielt. Ganz oben unter der Decke auf einem dreieckigen Brett in der hinteren Ecke lief auf einem Fernsehbildschirm ein Pornofilm. Aber nur wenige der Gäste schauten hin. In den Nischen, die mit rotem Samt ausgeschlagen waren, bemühten sich ein paar Mädchen um ihre Freier. Conny wußte von früher, daß im ersten Stock Zimmer waren, in die die Mädchen ihre Kunden abschleppen konnten. Eine schnelle Mark mit der Hand verdienten sie sich auch schon mal gleich hier unten. Diese Art «Dienstleistung» war in den letzten Monaten sogar immer beliebter geworden. Die Angst vor Aids ging auch hier um.

Conny Conradt ging langsam von Nische zu Nische. Er kümmerte sich nicht um die Proteste der Mädchen und ihrer

Freier. Aufmerksam musterte er jedes Gesicht. Anita Gerling war nicht darunter. Gächter hatte inzwischen ebenfalls den Raum betreten und ließ Conny Conradt nicht aus den Augen.

Der Pianist stand jetzt in der Mitte des Raumes. Ein Mädchen trat auf ihn zu und sagte: «Kann ich was für dich tun?»

«Ja, sag mir, wo Anita ist!»

«Sie muß im Haus sein. Ruf halt nach ihr, wenn du sie haben willst.»

«Ruf halt nach ihr.» Der Satz hallte in Connys Kopf nach. «Ruf halt nach ihr.» – Es gab eine Möglichkeit. Es gab einen Ruf, den würde sie sofort verstehen.

Conny Conradt ging zu der Ecke, in der direkt unter der Decke der Fernseher lief. Er suchte das Kabel, fand es und zog den Stecker heraus. Das Bild fiel zusammen. Ein paar Gäste protestierten. Eine Frau in einem roten Hosenanzug trat auf Conny zu und sagte in bewußt ruhigem Ton: «Mein Herr, wenn Ihnen der Film nicht zusagt...»

Conny ging an der Frau vorbei, stieg auf das Podium und machte den Deckel auf. Ein Klavierstuhl war nicht da. Im Stehen schlug er die ersten Akkorde an. Und wieder war es Stevie Wonders Lied *‹I just called to say I love you›*!

Gächter begriff sofort, was Conny Conradt vorhatte. Schon bei den ersten Takten war ihm klar, Conny rief nach dem Mädchen. Es mußte an der Art liegen, wie er spielte, wie er von Akkord zu Akkord forcierte. Vielleicht verriet ihn aber auch der Blick, mit dem er jeden Winkel des Lokals absuchte, in dem jetzt eine seltsam gespannte Ruhe herrschte.

Und dann brach die Musik plötzlich ab. Unter der Tür, die zu den oberen Stockwerken führte, stand eine zierliche junge Frau in einem schlichten schwarzen Kleid, das mit schwarzen Pailletten besetzt war. Sie trug dazu schwarze Netzstrümpfe, schwarze, hochhackige Pumps, ein schwarzes Samtband im blonden Haar und das gleiche schwarze Band um den Hals.

Die Musik begann von neuem. Diesmal leise, zurückhaltend, melancholisch. Das Mädchen ging langsam auf das Podest zu. Im gleichen Augenblick sprang ein Mann an einem Tisch so heftig auf, daß der Tisch beinahe umgekippt wäre. Mit ein paar schnellen Schritten war er bei Anita und griff nach ihrem Arm.

«Lassen Sie das!» sagte Gächter scharf und trat zwischen den Mann und Anita.

«Sie halten sich raus!» herrschte ihn der Mann an.

«Noch ein falsches Wort, Stephan Berndl, und ich nehm Sie auf der Stelle fest. Sie wissen ja sicher noch, wie das vor sich geht.»

Berndl starrte Gächter überrascht ins Gesicht.

Anita ging weiter auf Conny Conradt zu, der noch immer mit einer Hand die Melodie weiterspielte. «Du hättest nicht kommen sollen», sagte das Mädchen und lehnte sich gegen ihn. Ihre Pupillen waren unnatürlich groß.

«Da bin ich anderer Meinung», sagte Conny sanft.

«Ich bin verdorben.» Anita sagte das alles ohne erkennbare Emotion, sachlich, ja, beiläufig. Es schien sie nichts anzugehen. Huttenlocher und Weisser erschienen in der Tür zum Treppenhaus. Sie gingen fast im Gleichschritt auf Anita und Conny Conradt zu.

«Du kommst mit mir», sagte Conradt und legte seinen linken Arm um die Schultern des Mädchens. Die rechte spielte noch immer Stevie Wonders Lied.

Weisser und Huttenlocher erreichten das Podium. Im gleichen Augenblick stieß Bienzle die Tür auf. Als die beiden brutal nach dem Mädchen griffen, hatte Conny Conradt plötzlich eine Pistole in der Hand.

«Waren es die?» fragte er Anita.

Das Mädchen verstand nicht, was er meinte.

«Machen Sie keinen Unsinn, Cornelius», schrie Bienzle.

«Haben die beiden dich mißhandelt? Haben sie dich verschleppt?»

«Ja, schon, aber ...»

Weiter kam sie nicht. Conny Conradt schoß viermal. Huttenlocher und Weisser brachen in die Knie. Ein paar Gäste und ein paar der Mädchen schrien entsetzt, ein betrunkener Mann klatschte Beifall. Einige der Besucher verließen fluchtartig das Lokal. Anita Gerling schlug die Hände vors Gesicht, blieb aber ansonsten ganz ruhig neben Conny Conradt stehen.

Bienzle ging mit langen Schritten durch den Raum. Bei Gächter und Berndl blieb er kurz stehen und sagte durch die Zähne: «Den nehmen wir vorläufig fest.»

Der Frau im roten Hosenanzug rief er zu: «Notarzt, Krankenwagen!»

Dann war er bei Conny und nahm ihm die Waffe aus der Hand.

Montag

Es war vier Uhr nachts. Bienzle saß in seinem Dienstzimmer Conradt Cornelius gegenüber. «Sie haben es gewußt.»

«Was soll ich gewußt haben?»

«Wer die Mädchen auf dem Gewissen hat.»

Conradt Cornelius schwieg.

Bienzle schlug mit der Faust auf den Tisch. «Da könntescht doch auf der Sau naus! Ja, glaubet Sie denn, Sie könntet unser Arbeit mache und die der Justiz?»

«Es ist ganz unwichtig, was ich glaube. Sie hätten die Kerle eingesperrt, und nach zwei oder drei Jahren wären sie wieder frei.»

«Ja, so wird's kommen!»

«Bitte?» Cornelius sah den Kommissar verständnislos an.

«Huttenlocher und Weisser sind zwar verletzt, aber zum Glück werden sie's wohl überleben.»

«Zum Glück!» Cornelius spuckte das Wort förmlich aus.

«Huttenlocher hat Thomas Teuber erschlagen», sagte Bienzle.

«Wissen Sie das sicher?»

«Er sagt es selber aus. Klatt hat es angeordnet. Teuber hatte versucht, Klatt zu erpressen. So wie Sie, Herr Cornelius.»

«Ich bin zwar Klatt auf die Schliche gekommen. Aber ich hätte ihn zur Rechenschaft gezogen und nicht erpreßt!»

«Hatten Sie Teuber ins Vertrauen gezogen?»

«Ja. Ein Riesenfehler, das gebe ich zu! – Solche Dinge muß man alleine durchziehen.»

«Soweit kommt's noch, daß hier jeder selber den Richter spielt! Und den Henker!»

Conradt Cornelius holte ein Fünfmarkstück aus der Hosentasche und ließ es artistisch um seine Finger laufen – zuerst rechts, dann links. «Zauberer halten so ihre Finger geschmeidig», sagte er, «und manche Pianisten auch.»

Bienzle war nahe daran, ihm an den Kragen zu gehen. «Huttenlocher und Weisser mögen brutale Schweine sein», sagte er, «aber die führen nur aus, was andere sagen.»

«Klatt», sagte Conny, «Klatt steckt hinter allem. Aber dem kann man nichts beweisen.»

«Vielleicht weil er nichts damit zu tun hat.»

Cornelius lachte höhnisch.

«Was ist mit Seifritz?» fragte Bienzle.

«Kenne ich nicht.»

«Gelogen!» sagte Bienzle.

Zwei Zimmer weiter kam Gächter gerade auch auf Seifritz.

Stephan Berndl, der ihm gegenübersaß, sagte: «Seifritz, der Pate.»

«Wie bitte?» Gächter konnte seine Überraschung nicht verbergen. Berndl lachte. «In schwäbischen Maßstäben, versteht sich.»

Gächter stand auf, lehnte sich an den Türrahmen und drehte sich eine Zigarette. «Erzählen Sie!» forderte er den Expolizisten auf.

«Er traut den Bullen nichts zu, deshalb regelt er auf eigene Faust, was so ansteht.»

«Zum Beispiel?»

«Er wird Tom Teubers Tod rächen, sobald er genau weiß, wer daran schuld ist. Und er wird jedem, der mit diesem Mord zu tun hat, das Geschäft vermasseln. Und zwar ein für allemal!»

Gächter fixierte Berndl. «Das scheint Sie zu amüsieren.»

«Das tut es auch. Und dem Bienzle können Sie sagen, er soll gut auf seine neue Freundin aufpassen, sonst ist sie nämlich mit dran. So. Weitere Aussagen mache ich nicht; denn ich würde mich womöglich selber damit belasten. Wenn Sie mich dann bitte in eine Zelle bringen lassen würden.»

Er stand auf. Gächter forderte über die Gegensprechanlage einen Beamten an. Als Berndl abgeführt wurde, sagte er noch: «Und bestellen Sie bitte Conny Conradt, ich habe großen Respekt vor dem, was er getan hat, wie auch vor ihm selbst, als Mann.»

Gächter spuckte in den Papierkorb, als sich die Tür hinter Berndl und dem Beamten geschlossen hatte, dann sagte er ärgerlich: «Schmierentheater!»

Er nahm den Telefonhörer ab und wählte Bienzles Nummer. «Hast du eine neue Freundin?» fragte er, ohne sich erst lange zu melden.

«Wie kommst du denn auf so was?» Bienzle war ganz offenbar peinlich berührt.

«Sie scheint in Gefahr zu sein.»

«Moment, ich komm zu dir rüber!»

«Das ist doch hirnrissig!» polterte Bienzle los, als Gächter ihm von Berndls Verhör berichtet hatte. «Annegret ist Detektivin. Sie hat mich in jeder Weise unterstützt. Mensch, ich kann mich doch nicht so täuschen.»

«Hübsche Frau?»

«Ein Traum. Groß, schlank, schwarzhaarig, elegant, immer in Schwarz und Weiß geklei ...» Bienzle unterbrach sich. «Los, komm!»

«Was ist denn?» wollte Gächter wissen.

«Es kann ja ein Zufall sein. Ja, ganz bestimmt ist es ein Zufall, aber Klatt hat auch den Schwarz-Weiß-Tick – nur noch viel übertriebener.»

Es war 4 Uhr 42, als sie bei Klatt klingelten. Er öffnete überraschend schnell. Unter dem schwarzseidenen Morgenmantel trug er einen weißen Pyjama.

Bevor er etwas sagen konnte, fragte Gächter scharf: «Sind Sie allein?»

«Ich wüßte nicht, was Sie das angeht.»

Gächter ging an Klatt vorbei ins Haus. Bienzle hob wie zur Entschuldigung die Schultern. «Wir haben Stephan Berndl verhaftet. Und Conradt Cornelius», sagte er. «Cornelius hat Weisser und Huttenlocher niedergeschossen.»

«Man hat es mir berichtet», sagte Klatt kühl.

«Ach so, ja, die sind ja bei Ihnen angestellt. Anita Gerling haben wir in Ihrem Etablissement gefunden.»

«Sie ist freiwillig dort!»

«Nein!» sagte Bienzle sachlich. «Sie ist gezwungen worden. Wir nehmen ihre Aussage gerade zu Protokoll.»

Klatt lachte. «Die Aussage einer Rauschgiftsüchtigen?»

«Zusammen mit dem, was Berndl, Cornelius, Weisser und Huttenlocher aussagen, wird schon was draus.»

«Ich denke, Weisser und Huttenlocher ...»

«Tja, Cornelius hat das Schießen nicht gelernt. Sie wissen ja, wie sich der Rückschlag einer Waffe auswirkt, wenn man nicht mit ihm rechnet.»

«Aber man hat mir berichtet ...»

«Beide sind verletzt, aber aussagefähig. Und ein solcher Zustand macht die Menschen in aller Regel geständnisbereiter.»

Gächter kam wieder. «Niemand da», sagte er knapp.

«Hätte mich auch gewundert.» Bienzle fuhr sich mit der flachen Hand über die Augen. Dann ruckte er aber in den Schultern, drückte das Kreuz durch und sagte: «Wenn Seifritz ankündigt, er werde Ihnen alle Ihre Geschäfte vermasseln, was kann er damit meinen, Herr Klatt?»

Die Frage erwischte Klatt kalt. Er war wohl ganz darauf eingestellt gewesen, eine Verteidigungslinie wegen der Vorgänge im *Roten Rad* aufzubauen. Deshalb reagierte er mit einiger Verzögerung. «Hat er das gesagt?»

«Mhm!»

Sie standen noch immer im Hauseingang. Klatt fing sich rasch wieder. «Vielleicht will er eines oder zwei meiner Lokale anzüngen, was weiß ich.»

«Er wird dein Lager im Hafen in die Luft sprengen.» – Das war die Stimme von Annegret Paul. Sie kam die Treppe herunter in einem schwarzen Hosenanzug.

«Ich denke, da ist niemand», sagte Bienzle bitter.

«Na ja», Gächter grinste schief. «Frau Corting konnte sich ausweisen ...»

«Corting? Spinnst du?» Bienzle würdigte die Frau keines Blickes.

«Die Dame heißt Annegret Paul», sagte Klatt.

«Das ist nur ihr Deckname. Sie ermittelt schon seit zwei Jahren – verdeckt, wie wir das nennen.» Gächter sprach ganz beiläufig.

Bienzle war baff.

Klatt sagte: «Wir wußten das – genauer, wir wissen es seit deinem sehr unprofessionellen Verhalten in Wien, Annegret.»

«Und da hast du mich hier empfangen, als ob nichts gewesen wäre?»

Klatt lächelte überlegen. «Alles zu seiner Zeit, meine Liebe. Keiner entgeht seiner Strafe.»

«Also Sie mal ganz bestimmt nicht», blaffte ihn Bienzle an.

Dann sah er zum erstenmal Annegret Paul, alias Corting, an.

«Für wen ermittelst du ... äh ... Sie?»

«BKA Wiesbaden.»

«Der Under-Cover-Agent?»

«Die Under-Cover-Agentin, genau!»

«Und da muß man so weit gehen?» fragte Bienzle, als sie das Haus verließen und er die Kollegin einen Augenblick für sich alleine hatte.

«Du wirst doch nicht eifersüchtig sein?»

«Bin ich aber», gab Bienzle trotzig zurück.

Gächter brachte Klatt zu seinem Dienstwagen. Er hatte vorsichtshalber seine Waffe gezogen und entsichert.

«Ich nehme meinen eigenen Wagen», sagte Annegret.

Bienzle ging noch ein paar Schritte neben ihr. Und plötzlich packte ihn eine seltsame Unruhe. Er nannte das seinen siebten Sinn. Und er hatte weiß Gott nicht immer damit recht. Es konnte vorkommen, daß er nicht in ein Flugzeug stieg oder den Zug statt des eigenen Wagens nahm, wenn ihn diese Unruhe überkam.

«Augenblick», sagte er fast atemlos.

Am Straßenrand parkte ein schwarzer Golf. «Ist das dein Auto?»

«Ja», sagte Annegret.

Bienzle bückte sich und buddelte einen Steinbrocken aus dem Schnee.

«Was ist denn?» fragte Annegret.

Bienzle holte aus.

«Sag mal, spinnst du?» Annegret wollte ihm in den Arm fallen, aber sie kam zu spät. Mit aller Kraft schleuderte Bienzle den Stein gegen das Auto.

Die Detonation war so heftig, daß Annegret gegen ihn geworfen wurde. Eine Stichflamme schoß in den Himmel. In den Häusern rundum zerbarsten klirrend die Fensterscheiben. Gächter reagierte sofort: Er drehte sich um und schlug Klatt seine Faust ins Gesicht. Klatt stürzte rückwärts in den Schnee.

Bienzle schüttelte den Kopf. «Womöglich hat er gar nichts damit zu tun.»

«Er hat's angekündigt», sagte Gächter.

Annegret Paul bzw. Corting lehnte noch immer zitternd an Bienzles Brust. Aber er brachte es nicht über sich, die Arme um sie zu legen.

Das Auto brannte noch, als die Feuerwehr kam. Gächter hatte Klatt Handschellen angelegt. Bienzle kannte den Einsatzleiter und machte die nötigsten Angaben. Dann stiegen sie in den Dienstwagen.

«Wo ist das Lager?» fragte Bienzle.

«Im Hafen», sagte Annegret. «B 10 bis Wangen, dann über die Otto-Konz-Brücken und links ab am Westkai entlang. Hinter dem größten Futtersilo links, dann unter einem Ladelaufkran durch und über die Bodenwaage am Baustoffkai. Dort ist es der dritte oder vierte Schuppen etwa auf der Höhe der Altglashalden, die da aufgetürmt sind.» Sie ratterte das herunter wie eine Maschine – gespeichertes Wissen, wie auf einen Knopfdruck abgegeben.

Bienzle saß im Fond neben Klatt, Gächter steuerte, Annegret saß auf dem Beifahrersitz.

«Du hast mich also die ganze Zeit über ausgeforscht», sagte Klatt zu Annegret. Dann wandte er sich an Bienzle: «Sie wissen, daß ich für den Mord an Tom Teuber ein Alibi habe.»

Bienzle nickte. «Für den Mord selber, ja, für die Anstiftung zum Mord nicht. Das ist überhaupt so eine Sache mit der Anstiftung. Wer ist schlimmer? Der, der befiehlt, oder der, der ausführt. Mit dieser Frage schlagen wir uns seit über vierzig Jahren rum. Typen wie Sie waren bestimmt die idealen KZ-Kommandanten.»

«Das verbitte ich mir!» schrie Klatt aufgebracht.

«Das hab ich mir gedacht», sagte Bienzle gleichmütig.

Dann wandte er sich an Gächter: «Wir fahren zu Seifritz.»

Auf dem weiteren Weg schwiegen alle vier.

Der Bungalow lag wie ein unförmiger Klotz am Hang. Gächter übernahm Klatt. Annegret ging dicht neben Bienzle.

«Kennst du den Seifritz?» fragte Bienzle.

«Ja.»

«Gut?»

«Bitte laß das, ja!»

Bienzle biß sich auf die Unterlippe. Dann sagte er: «Stimmt schon, ich benehme mich wie ein Pennäler!»

Er drückte mit dem Daumen auf die Klingel. Das Ding-Dong war deutlich zu hören.

Licht flammte hinter den Panoramaglasscheiben auf. Seifritz erschien in einem grauen Jogginganzug. Über der Brust stand in fetziger Schrift «action».

«Guten Morgen», sagte Seifritz, und wenn er verwundert war, zeigte er es nicht.

Dann trat er zur Seite. Das seltsame Quartett trat ein.

«Ich mache Kaffee», sagte der Hausherr.

Er verschwand nur kurz in der Küche. Bis er wiederkam, sprach niemand, und ganz selbstverständlich nahm der Makler nun das Wort. «Sie haben gesagt, Sie wollten herausbekommen, in welcher Beziehung die Beteiligten zueinander stehen, Bienzle. Sie wollten wissen, wen Teuber erpreßt hat – fragen Sie Holger Klatt!»

«Eins nach dem anderen. Zunächst einmal: In welcher Beziehung stehen Sie zu Klatt, Herr Seifritz?»

«Wir waren mal Geschäftspartner.»

Bienzle sah vom einen zum andern: «Gegensätze ziehen sich an!»

«Ich dachte damals, wenn man zwei so unterschiedliche Talente zusammenspannt ...»

«Wahrscheinlich hat jeder von euch zwei Gscheidle denkt, er könnt vom andere profitiere, ohne daß der's merkt.»

«Schon möglich.»

«Und was hat euch dann wieder auseinandergebracht?»

«Ich will nicht sagen, daß ich besonders ehrbar bin», sagte Seifritz, «man bringt's nicht so weit wie ich mit Ehrbarkeit. Aber ich bin auch kein Krimineller.»

«Und wann haben Sie gemerkt, daß da zwischen Ihnen und Klatt ein gravierender Unterschied bestand?»

«Das ist schon eine Weile her», antwortete Seifritz ausweichend.

Gächter hatte damit begonnen, Zigaretten auf Vorrat zu drehen. Ganz beiläufig sagte er: «Stephan Berndl bezeichnet Sie als den Paten, Herr Seifritz.»

«Wer sind Sie?» fragte der Makler.

«Mein Kollege», antwortete Bienzle für Gächter.

Seifritz lachte in sich hinein. «Pate!»

«In schwäbischen Maßstäben», zitierte Gächter Berndl.

«Und wie meint er das?»

Gächter zog ein Notizblöckchen hervor und las laut: «‹Er traut den Bullen nichts zu, deshalb erledigt er auf eigene Faust, was so ansteht.› Das hat Berndl gesagt und auf meine Frage, was zum Beispiel: ‹Er wird Tom Teubers Tod rächen, sobald er genau weiß, wer daran schuld ist. Und er wird jedem, der mit diesem Mord zu tun hat, das Geschäft vermasseln›, was er sonst noch gesagt hat, gehört nicht hierher.»

Wieder lachte Seifritz in sich hinein. «So unrecht hat er gar nicht, Ihr ehemaliger Kollege.»

«Leut wie Sie ghöret eingsperrt», sagte Bienzle finster.

«Ich hätte vielleicht anders gehandelt, wenn ich Sie besser gekannt hätte, Bienzle», gab der Makler zurück.

Aber derartige Anbiederungen verfingen bei dem Kommissar nicht, vor allem dann verfehlten sie die Wirkung, wenn er sowieso schon schlecht gelaunt war.

«Sie hättet Bauarbeiter bleiba solla», knurrte er.

«Wahrscheinlich haben Sie recht.»

«Net wahrscheinlich, meistens!»

Gächter mischte sich ein. «Haben Sie einen Anschlag auf das Lager von Herrn Klatt geplant?» fragte er Seifritz.

«Ich verweigere die Aussage.»

«So weit kommts no, heilix Blechle», sagte Bienzle, «hier

wird nix verweigert. Sie beantwortet die Frage mit Ja oder Nein.»

«Ich werde dafür sorgen, daß der Herr Klatt keinen schönen Tag mehr in seinem Leben hat», sagte Seifritz.

«Des könnet se ons überlasse», Bienzle dachte nicht daran, freundlicher zu werden.

Annegret berührte Bienzles Arm leicht mit den Fingerspitzen. «Kann ich dich einen Augenblick sprechen?»

Der Kommissar zuckte mit den Achseln. «Wenn's der Wahrheitsfindung dient.»

Sie ging voraus. Plötzlich wurde Bienzle klar, daß sie auch dieses Haus kennen mußte. Annegret öffnete eine schmale Tür. Sie traten in einen holzgetäfelten Raum, der als Bibliothek eingerichtet war.

Bienzle starrte überrascht auf die Bücher. «Ob der Seifritz die alle gelesen hat?»

«Er hat es sich vorgenommen, kauft Bücher immer in der Absicht, sie eines Tages, wenn er einmal Zeit hat, zu lesen. Geht's dir nicht auch so?»

«Ich les jeden Abend, und wenn's nur drei Seiten sind.»

«Beneidenswert!»

«Du wolltest mich sprechen.»

«Ich wollte dir sagen, daß ich das Versteckspiel nie gemacht hätte, wenn's anders gegangen wäre.»

«Einen letzten Rest für eigene Entschlüsse müßte man eigentlich auch beim Bundeskriminalamt haben», gab Bienzle mürrisch zurück.

«Nicht in einem solchen Fall. Du weißt ja nicht, was es mich gekostet hat, an die Leute heranzukommen, und wie gefährdet die Connection jeden Augenblick war.»

«Die was?»

«Die einmal geschaffene Verbindung.»

«Ach so.»

Bienzle schwieg. Plötzlich kam es ihm so vor, als ob ihn alles, was hier geschah, nichts anginge. Schließlich sagte er: «Wolltest du mir das sagen?»

«Auch. Aber ich denke, wir müssen damit rechnen, daß Klatt Beweismittel zur Seite schaffen läßt, während wir hier Herrn Seifritz vernehmen, der sowieso nichts aussagen kann.»

«Bist du da sicher?»

«Ziemlich.»

Bienzle nickte. Er glaubte ihr. «Das Lager im Hafen», sagte er.

«Ja, ich denke, daß Vinzenz Wolf längst in der Stadt ist.»

Bienzle sah überrascht auf. «Das wäre aber ein Risiko für ihn.»

«Holger Klatt traut niemandem – außer Wolf eben.»

«Und dir – bis vor ein paar Stunden.»

«Bitte, es war ein Einsatz. Ich möchte wissen, warum du so beleidigt bist, grade so, als ob du einen Anspruch auf mich hättest.»

«Nicht auf dich, um Gottes willen. Ich bin doch net größewahnsinnig. Nur darauf, net verschaukelt zu werden!»

Annegret schaute auf ihre Armbanduhr. Die Uhr hatte ein schwarzes Zifferblatt und goldene Zeiger – bestimmt ein Geschenk von Holger Klatt.

«Wir sollten uns beeilen.»

Bienzle nickte und ging zur Tür. Dabei strich er mit den Fingerkuppen über die Buchrücken. «Wie lange machst du das schon?» fragte er betont beiläufig.

«Was?»

«Agentin im Untergrund?»

«Das war mein erster derartiger Fall und vermutlich auch mein letzter, obwohl er ganz spannend war.»

«Und unterhaltsam», fügte Bienzle sarkastisch hinzu. Er konnte es nicht lassen. «Und wie bist du dazu gekommen?» Bienzle stand mit dem Gesicht zur Tür und hatte die Hand bereits auf die Klinke gelegt.

«Meine Nichte ist verschwunden.»

Unwillkürlich drehte sich Bienzle um. «Und?»

«Du warst zu schnell.»

«Ich verstehe nicht», sagte Bienzle.

«Noch war ich nicht so weit, daß ich Klatt hätte fragen können. Und ich habe nichts gefunden, was mir als Hinweis hätte dienen können.»

«Ist denn sicher, daß ...?»

«Natürlich», unterbrach sie ihn heftig, «bei Gesi ist alles so abgelaufen wie bei allen anderen.»

«Gesi? Wie weiter?»

«Corting, wie ich, sie ist die Tochter meines Bruders.»

Bienzle nickte ein paarmal. «So ist das also, du hast ein ganz ähnliches Motiv wie Conny Conradt. Tut mir leid, ich hab mich ziemlich dackelhaft benommen.»

Annegret versuchte ein Lächeln. «Kann man wohl sagen.»

Bienzle riß die Tür auf und brüllte: «Klatt!»

Gächter kannte seinen Kollegen. Er packte Klatt am Oberarm und stieß ihn unsanft in Richtung Bibliothek.

«Was soll denn das?» protestierte Klatt.

«Das werden wir gleich erfahren.» Gächter faßte nach. Klatt stolperte über die Schwelle in Seifritz' Bibliothek.

Bienzle stand breitbeinig da, die Hände auf dem Rücken verschränkt, den Kopf zwischen die Schultern gezogen.

«Wir haben wenig Zeit», sagte Bienzle finster. «Also, raus mit der Sprache. Wir suchen Gesi Corting.»

Klatt hob die Schultern. «Nie gehört!»

«Gelogen!» sagte Bienzle.

«Corting?» Klatt hob den Kopf und sah Annegret Corting an. «Ist das etwa ...» Er unterbrach sich.

«Bei uns ist es wie bei euch», sagte Bienzle, «je besser das Motiv, um so intensiver die Arbeit. Ich rate Ihnen gut, Klatt, schnell mit der Sprache herauszurücken.»

Holger Klatt hatte zu schwitzen begonnen. «Wenn ich doch sage ...»

Bienzle trat dicht an ihn heran und packte ihn an den Revers seines teuren schwarzen Jacketts. «Sie sind in einer verzweifelten Lage, Klatt.»

«Sie haben noch nicht mal die Spur eines Beweises.» Klatt machte keinerlei Anstalten, Bienzles Hände abzuwehren.

«Wo ist Gesi Corting?»

Die beiden Männer standen sich reglos gegenüber. Klatt antwortete nicht mehr. Bienzle ließ das Revers los und holte zu einem Faustschlag aus. Klatt zuckte nicht einmal.

Kraftlos ließ Bienzle den Arm fallen. «Ich hab noch keinen geschlagen», sagte er, «aber ich krieg's raus, Klatt.»

Klatt sah zu Annegret Corting hinüber. «Du hast das alles ihretwegen gemacht?» fragte er.

Sie nickte. Man konnte sehen, daß sie am Ende ihrer Kraft war.

«Die Mühe hättest du dir sparen können!» sagte Holger Klatt.

Einen Augenblick lang war es sehr still in Seifritz' Bibliothek.

«Heißt das ...?» Annegret wagte nicht, weiterzusprechen.

Holger Klatt nickte und ein Lächeln umspielte seine Lippen.

«Ich hab dir doch von dem Mädchen erzählt, das vom Balkon gesprungen ist!» Das Lächeln wirkte wie eine starre Maske.

Bienzle schlug ansatzlos zu. Seine Faust traf Klatts ebenmäßige Nase. Man konnte hören, wie der Knochen brach. Blut schoß aus beiden Nasenlöchern und beschmutzte Holger Klatts feines schwarzes Jackett.

Bienzle rieb sich seine Faust. Klatt holte ein schneeweißes Taschentuch aus der Innentasche seines Jacketts und preßte es gegen die Nase.

Annegret Corting weinte.

Gächter kam herein und sagte: «Seifritz meint, wenn wir uns nicht beeilten, seien die Vögel ausgeflogen.»

«Schick einen Trupp Bereitschaft hin», sagte Bienzle ärgerlich, «aber sie sollet sich net so dappig anstellen, daß man sie gleich sieht. Nur observieren, auf keinen Fall eingreifen, es sei denn, es macht sich jemand aus dem Staub.» Er bat Seifritz zu sich in die Bibliothek. Der Makler sah Klatt überrascht an, sagte aber nichts.

Die Tür schloß sich hinter ihm.

Bienzle sagte: «Wir haben wenig Zeit. Also: Es geht um Georg Wernitz.»

«Ich verstehe nicht.»

Bienzle beherrschte sich nur mit Mühe. «Georg Wernitz, geboren am 27. 3. 1927 in Kassel, 1,84 groß, sportliche Erscheinung, sieben Vorstrafen. Bis vor zwei Jahren bei Ihnen angestellt. In Wien hat er versucht, mich aus dem Weg zu räumen.»

«Bei mir beschäftigt?»

«Hören Sie auf!» brüllte Bienzle. «Mit mir machen Sie Ihre Spiele nicht, Seifritz.»

«Na gut, er hat mal eine Zeitlang für mich gearbeitet.»

«Bevor er zu Dr. Bernhard Gonzales, genannt Gonzo, wechselte.»

«Wo er hingegangen ist, weiß ich nicht.»

«Natürlich wissen Sie's, lügen Sie mich doch nicht an.»

«Hören Sie mal, Bienzle, so können Sie reden, mit wem Sie wollen, aber ...»

«Genau, so red ich, mit wem ich will. Zum Beispiel mit Ihnen. Sie glauben doch, Sie könnten selber bestimmen, was Recht und Gesetz ist. Und das funktioniert ja sicher auch manchmal, aber nicht mit mir, Sie Bauigel!»

«Was soll denn das?»

«Das soll Sie auf das Maß zurückbringen, das zu Ihnen paßt. Sie haben eine Menge Geld verdient, aber mir imponiert das nicht. Ich hab mein Monatsgehalt und meine Pension, und mehr als zwei Schnitzel am Tag eß ich auch net. Deshalb imponiert mir oiner wie Sie koin Furz, daß des amal klar ischt.» Bienzle atmete aus.

«Also», fuhr er dann fort. «Sie und Wernitz – wie ist Ihre Verbindung jetzt?»

«Ich hab ihn lang nicht gesehen.»

«Beantworten Sie meine Frage!»

«Na ja, gelegentlich telefoniert man miteinander. Wir sind ja nicht im Streit auseinandergegangen.»

«Weiter, weiter!»

«Was denn weiter?»

«Wernitz hält Sie auf dem laufenden. Sie wußten davon, daß er mit Vinzenz Wolf und Holger Klatt Geschäfte machte.»

«Ich bemühe mich immer, informiert zu sein.»

«Sie waren auch darüber informiert, daß Wolf die Freundin von Cornelius in sein dreckiges Geschäft hineingezogen hatte.»

«Ja!»

«Und Sie haben beschlossen, Klatt für den Mord an Teuber zu bestrafen. Herrgott noch mal, mueß mr Ihne denn jedes Wort oinzeln aus dr Nas ziehe?»

«Was heißt bestrafen, ich wollte zuerst einmal dahinterkommen, was eigentlich gelaufen ist.»

«Ha, jetzt komm, als ob Sie das nicht längst gewußt hätten.»

«Nicht genau genug.»

«Sonst hätten Sie die ganzen Fakten der Polizei übergeben. Wenn Sie das jetzt gleich behaupten, dann kann ich für nichts garantieren, Seifritz.»

«Nein, die Polizei hätt von mir nichts erfahren.»

«Endlich ein ehrliches Wort.»

«Ich hätt schon Mittel und Wege gefunden ...»

«Die bieten sich Ihnen jetzt an. Sagen Sie mir, was Sie wissen.»

«Wernitz hat Klatt fallenlassen. So was geht in diesen Kreisen schneller als in der Politik. Wer kein Glück mehr hat, hat ausgespielt. Klatt hat in letzter Zeit viel zuviel Pech gehabt.»

«Gut. Und weiter?»

«Wernitz steigt in alle Geschäfte ein. Er dirigiert sie von Wien aus. Mit absoluter Sicherheit betritt er nie mehr deutschen Boden. In Österreich hat er sich ein tragfähiges Sicherheitsnetz gestrickt.»

«Das hat aber jetzt auch Löcher», Bienzle konnte seine Genugtuung nicht verbergen.

Seifritz sah auf. «Das sagt sich leicht.»

«Immerhin ist Wernitz' V-Mann bei der Polizei aufgeflogen an diesem Wochenende.»

«Okay, das klingt interessant.» Seifritz ging nachdenklich zu einer Schublade, die in die Bücherwand eingelassen war und holte eine Zigarrenkiste heraus.

«Sie auch?»

«Ausnahmsweise.» Bienzle rauchte schon seit einiger Zeit nicht mehr. Eine Ausnahme machte er immer nur, wenn es gemütlich oder spannend wurde.

«Würde es Sie treffen, wenn Wernitz auffliegt?» fragte er Seifritz.

«Ich hatte *früher* mit ihm zu tun, Herr Kommissar.»

«Und die Waffengeschäfte?»

Seifritz wollte gerade seine Zigarre anschneiden. Das Messer rutschte ab.

«Wer hat etwas von Waffengeschäften gesagt?»

«Eins greift ins andere», sagte Bienzle obenhin und sah Seifritz freundlich an. Es war ein Schuß ins Blaue gewesen, aber mit der Reaktion konnte man zufrieden sein. Bienzle spürte, daß er Oberwasser bekam.

«Ich mache nur legale Geschäfte.»

«Da dreh ich beim Waffenhandel die Hand nicht um», sagte Bienzle. «Man braucht nur ein Endverbraucherzertifikat eines unverdächtigen Landes, weiter nix. Und schon verkauft man in den Iran oder in den Irak, wo man die höchsten Preise erzielen kann. Was ich immer nicht verstehe – warum geben sich Leute wie Sie nicht mit der ersten Million zufrieden?»

«Spielen Sie Schach?»

«Mäßig!»

«Trotzdem, hören Sie etwa auf zu spielen, wenn Sie einen ersten kleinen Vorteil haben?»

Bienzle antwortete nicht. Er steckte sich seine Zigarre an und paffte mächtige Wolken in den Raum. Schließlich nahm er wieder das Wort. «Sie und Gonzales konkurrieren.»

«In einigen wenigen Bereichen.»

Bienzle trat ans Fenster. Mit dem Rücken zu Seifritz sagte er: «Und Sie waren unfähig zu verhindern, was mit Tom Teuber passiert ist?»

Seifritz antwortete nicht. Und Bienzle blieb reglos stehen. «Ein Armutszeugnis ist das», sagte er in Richtung Fenster. Noch immer erhielt er keine Antwort.

«Wie ein Sohn sei er für Sie gewesen, sagt Ihre Haushälterin, aber vielleicht waren Ihnen ja Ihre Geschäfte schon immer wichtiger. Teuber ein Bauer auf Ihrem Schachbrett, die Mädchen nicht einmal das!»

«So können Sie nicht mit mir reden», Seifritz' Stimme bebte, «so nicht. Nicht mit mir!»

Bienzle drehte sich um. «Im Schwäbischen sagt man, wer da Dreck anlangt, kriagt schmutzige Finger!»

«Was haben Sie eigentlich gegen mich?» Seifritz stand da wie ein Klotz.

«Was ich gegen alle Verbrecher Ihrer Art habe.»

«Das nehmen Sie zurück, daß ich ein Verbrecher bin.»

«Kein Wort davon!» Bienzle ging dicht an ihm vorbei zur Tür. «Grüßen Sie Herrn Wernitz von mir, wenn Sie ihn das nächste Mal sprechen.»

Bienzle öffnete die Tür, drehte sich aber noch einmal um, ehe er hinausging. «Und sehen Sie sich vor, Seifritz, ich bin nachtragend wie ein Elefant.»

Gächter bog von der B 10 ab. Bienzle las die Ortsschilder, und ein alter Spruch fiel ihm ein: «Untertürkheim, Obertürkheim, Hedelfingen, Wange, da kann mr mit de Hopfestang zuanander nüberlange.»

Hopfen wurde hier nicht mehr angebaut. Hinter dem Hafengelände erhoben sich die Weinberge, gekrönt von der

Grabkapelle der Württemberger auf dem Hügel hinter Rotenberg.

Der Stuttgarter Hafen war klein und ordentlich gegliedert. Er verfügte nur über zwei große Hafenbecken. Der Schnee war hier geräumt worden, wie es sich gehörte. Nur zwei Lastkähne dümpelten im kaum bewegten Wasser. Die Morgendämmerung kündigte sich an. Über den Kuppen der Weinberge lag eine diffuse Helligkeit. Die Straßen auf der Hafeninsel waren sparsam erleuchtet.

Der Wagen glitt an einem Baustofflager vorbei.

Vom feinsten Sand bis zu den größten Flußkieseln lagen alle Provenienzen sauber in dreieckige Segmente geteilt und durch Betonmauern getrennt wie mürbe Kuchenstücke rund um einen zentralen Punkt.

Sie fuhren über Gleise. Annegret deutete nach links. Gächter bog ab. Zwei riesige Berge aus Flaschen kamen ins Blickfeld. Im diffusen Frühmorgenlicht wirkten die bunt etikettierten Flaschen wie ein großer Haufen Bonbons.

Annegret zeigte jetzt auf die Rückseite eines niedrigen grauen Schuppens, der zwischen zwei Getreidesilos eingeklemmt war. Gächter stoppte den Wagen. Sie stiegen aus und drückten die Türen leise zu. Bienzle packte den gefesselten Klatt unsanft am Arm. «Machen Sie keinen Blödsinn», zischte er. Ein scharfer Wind pfiff durch die engen Gassen zwischen den Schuppen und Lagerhallen. Er trieb Kartonfetzen, Papier und leere Dosen vor sich her. Sie näherten sich vorsichtig dem flachen Gebäude. Und dann hörten sie Stimmen. Leise, hastige Zurufe. Ein quietschendes Geräusch folgte.

«Mein Ladekran», sagte Klatt.

Kisten polterten gegen Metall.

«Die räumen dein Lager aus», sagte Annegret.

Bienzle sah sie an.

Aus ihrer Miene konnte man nicht schließen, wie sie zu Holger Klatt stand.

«Haben Sie das angeordnet?» fragte Bienzle Klatt.

«Nein.»

«Dann steckt vielleicht Seifritz dahinter?»

Klatt zuckte die Achseln.

«Gehen wir», sagte Gächter.

Links neben dem Schuppen lief ein Gleis entlang, rechts war nur ein schmaler Durchgang. Gächter nahm die linke Seite. Annegret folgte ihm nach kurzem Zögern. Bienzle stieß Klatt vor sich her an der rechten Seite des Gebäudes entlang.

Kommissar Gächter hatte seine Waffe gezogen. Auf halbem Weg entsicherte er sie. Das erste, was er wahrnahm, waren die Kistenstapel auf Paletten. Dahinter entdeckte er den Aufbau eines Kajütbootes. Er ging hinter den Kisten in Deckung. Vorsichtig schob er eine der Kisten ein wenig zur Seite. Sie waren verdammt schwer.

«Schneller», rief eine Männerstimme, «es wird schon hell. Um sechs fängt der Betrieb hier an.»

Gächter schaute auf seine Uhr. Es war 5 Uhr 38. Im gleichen Augenblick spürte er einen stechenden Schmerz im Handgelenk. Seine Pistole segelte im hohen Bogen durch die Luft, landete auf der Kaimauer, trudelte noch ein Stück und rutschte, wie mit letzter Kraft, über die Kante ins Wasser.

Gächter sah sich drei Männern gegenüber. Wie immer registrierte er fotografisch genau, was er sah. Rechts vor ihm stand den Fuß auf einer der Paletten gestützt, ein bulliger Typ, vielleicht 35 Jahre alt, blond, Vollbart, graues T-Shirt («bei der Kälte!» dachte Gächter noch), eine Armeehose mit riesigen aufgesetzten Taschen, Arbeitshandschuhe. Links, geduckt und doch mit Angst in den Augen, ein ungepflegter Kerl Anfang Zwanzig, ein Jeanshütchen auf den verfilzten Haaren. Er trug einen quergestreiften Pullover und eine Latzhose. Hinter den beiden stand ruhig und aufrecht ein Mann, den er sofort identifizieren konnte. Das Grübchen im Kinn, die lockigen Haare, die Brille, die langen Arme – auch die Größe stimmte mit der Personenbeschreibung überein. Der Mann in der Lederjacke war eindeutig Vinzenz Wolf.

Gächter machte ein paar Schritte zurück. Er stand mitten zwischen den Schienen des Transportgleises. Vinzenz Wolf hatte plötzlich eine Pistole in der linken Hand.

«Wer sind Sie?» fragte Wolf.

«Kommissar Gächter vom LKA. Und damit Sie nicht mehr Fehler machen als nötig, sag ich Ihnen gleich, daß ich nicht allein gekommen bin, Vinzenz Wolf.»

Der Mann in der Lederjacke hob die Augenbrauen kaum merklich, als er seinen Namen hörte. Der junge Mann im Jeanshütchen sah Wolf unsicher an. Der blonde Hüne ballte die Fäuste und kam auf Gächter zu.

«No nix narrets, wenn's pressiert!» ertönte plötzlich Bienzles Stimme. «Waffe weg!»

Wolf reagierte nicht gleich.

«Ich schieße!» sagte Bienzle.

Klatt schrie: «Um Gottes willen, nein!»

«Warum nicht?» fragte Bienzle.

«Weil die Kisten voller Munition und Waffen sind», sagte Annegret Paul, die Under-Cover-Agentin des Bundeskriminalamtes. Wolf ließ die Waffe fallen und hob die Arme. Gächter atmete aus, als ob er die ganze Zeit über die Luft angehalten hätte. Wolf und Klatt wechselten einen Blick. Klatt hob wie entschuldigend die Schultern. Bienzle war die Bewegung nicht entgangen.

«Wie sind Sie nur so schnell aus Wien hierhergekommen?» fragte Bienzle Wolf.

«Ich habe einen schnellen Wagen!»

Gächter rief eine Bereitschaftsgruppe. Es war schon nach sechs, als Klatt, Wolf und ihre beiden Helfer abtransportiert wurden.

Gächter und Bienzle unterzogen den Schuppen einer ersten Untersuchung. Hinter den Kistenstapeln fanden sie eine Art Verlies – einen fensterlosen, betonierten Raum mit sechs Betten, zwei Schränken, einer Kloschüssel und einer abgeteilten Dusche.

«Da wurden die Mädchen wohl zuerst hingebracht», sagte Gächter. Annegret Paul alias Corting lehnte müde am Fensterrahmen. Bienzle trat zu ihr und strich ihr mit zwei Fingern eine Locke aus der Stirn. «Schade», sagte er und ging in den kalten Winterabend hinaus. Die Sonne stieg gerade hinter den Weinbergen herauf. Aus den Augenwinkeln sah Bienzle den Jaguar von Seifritz, gefolgt von einem Jeep.

Als der Fahrer des Jaguars das Polizeiaufgebot vor dem

grauen Schuppen sah, wendete er in einer eleganten Kurve und verschwand rasch wieder über die Otto-Konz-Brücken.

Bienzle stapfte am Westkai entlang. Der Wind fuhr ihm in die Haare. Eine Wolke hatte sich vor die Sonne geschoben. Erste Schneeflocken fielen, schmolzen aber, sobald sie den Boden berührten. Es war spürbar wärmer geworden. Der Fall war gelöst, die Schuldigen in Haft.

Selten war Bienzle so unglücklich gewesen.

Klugmann / Mathews

«Da werden endlich wieder Geschichten erzählt, die so intelligent und spannend sind, die zum Zittern und Lachen bringen. Allererste Empfehlung: die subtil anarchistischen Polizeikomödien der beiden Hamburger Norbert Klugmann&Peter Mathews.» *Lui*

Beule & Co
Beule oder Wie man einen Tresor knackt. Ein Kommissar für alle Fälle. Flieg, Adler Kühn
(thriller 3101)
Die Helden des Autorenduos scheinen auf den ersten Blick wenig perfekt. Sie haben Probleme mit Frauen, mit sich selbst und mit ihrer Kondition. Eigentlich sind sie ganz selten richtige Helden. Da kommt es schon vor, daß ein Keller in Brand gesetzt wird, weil ein geklauter Tresor sich nicht knacken läßt. Oder ein Schrebergärtner ermordet wird, weil er seinen Garten nicht verkaufen will...

Die Schädiger
(thriller 2771)
Rochus Rose wachsen die Schulden über den Kopf, und die Methoden des Geldeintreibers Sänger sind raffiniert, aber nicht ganz legal...

Vorübergehend verstorben
Roman
320 Seiten. Gebunden
Wunderlich Verlag
Die Männer sind alle Verbrecher, ihr Herz ist ein finsteres Loch... Die Anwältin Luise Rubato fährt lieber in die Grube, als der Moral der Männer zu erliegen.

rororo thriller

Norbert Klugmann
Das Pendel des Pentagon
(thriller 2954)
«Norbert Klugmann legt ein wahnsinniges Tempo vor und ihm fließen mitunter Dialoge aus der Feder, gegen die hochgerühmte amerikanische Kollegen die reinsten Langweiler sind.» *Süddeutscher Rundfunk*

Schweinebande
(thriller 3175)

Doppelfehler *Ein Fall für den Sportreporter*
(thriller 3228)
Ein ATP-Tennisturnier in Deutschlands wildem Osten läßt sich nicht ohne weiteres vermarkten. Ein toter Tennisprofi indes belebt das Geschäft...

rororo thriller werden herausgegeben von Bernd Jost. Ein Gesamtverzeichnis der Reihe finden Sie in der *Rowohlt Revue*. Jedes Vierteljahr neu. Kostenlos in Ihrer Buchhandlung.

3013/5